*Una noche, un secreto…*

Miranda Lee

Editado por HARLEQUIN IBÉRICA, S.A.
Núñez de Balboa, 56
28001 Madrid

I.S.B.N.: 978-84-671-9053-3
Depósito legal: B-32894-2010
Editor responsable: Luis Pugni
Preimpresión y fotomecánica: M.T. Color & Diseño, S.L.
C/ Colquide, 6 portal 2 - 3º H. 28230 Las Rozas (Madrid)
Impresión y encuadernación: LITOGRAFÍA ROSÉS, S.A.
C/ Energía, 11. 08850 Gavá (Barcelona)
Fecha impresion para Argentina: 11.4.11
Distribuidor exclusivo para España: LOGISTA
Distribuidor para México: CODIPLYRSA
Distribuidores para Argentina: interior, BERTRAN, S.A.C. Vélez
Sársfield, 1950. Cap. Fed./ Buenos Aires y Gran Buenos Aires,
VACCARO SÁNCHEZ y Cía, S.A.
Distribuidor para Chile: DISTRIBUIDORA ALFA, S.A.

# Capítulo 1

CUANDO llegaron ante el edificio en el que vivía, Nicolas se bajó del taxi con una lentitud poco propia en él. Se sentía agotado y no sentía la efervescencia que le solía proporcionar encontrar y promocionar a un nuevo talento.

Por supuesto, ver desde el patio de butacas cómo actuaban otros no era lo mismo que subirse al escenario él mismo, pero en los últimos diez años se había convertido en la sombra de muchos artistas famosos y eso le compensaba más o menos.

Su último protegido había encandilado al público de Nueva York, pero a él no se le había acelerado el pulso cuando lo habían aplaudido de pie durante unos cuantos minutos. Por supuesto, se sentía feliz por ella porque era una chica encantadora y una gran violinista, pero no había sentido nada de lo que solía sentir.

La verdad era que le había importado un bledo.

Qué extraño.

¿Sería la crisis de los cuarenta? Todavía le faltaba un año para cumplirlos, pero podía ser. ¿O sería que se estaba quemando? Aquella profesión era muy dura tanto para los artistas como para los promotores, había muchos altibajos y demasiados viajes.

Nicolas no podía soportar los hoteles. Por eso, se había comprado una casa en Nueva York y otra en Londres. Sus amigos le decían que era una extravagancia, pero él sabía lo que había comprado y sabía que lo había hecho bien.

La casa que tenía en Nueva York había triplicado su valor en seis años. La de Londres no había sido tan buena inversión, pero no había perdido dinero tampoco.

–¿Ha ido todo bien esta noche, señor Dupre? –le preguntó el portero abriéndole la puerta.

Evidentemente, se había dado cuenta del agotamiento que lo invadía.

–Sí, Mike, muy bien –contestó Nicolas sonriendo.

–Me alegro.

Nicolas le habría dado una propina, pero sabía que Mike no las aceptaba de los propietarios, sólo de las visitas y de los invitados. Así que Nicolas aprovechaba las Navidades para regalarle un buen cheque e insistía en que se sentiría muy ofendido si no lo aceptaba. Mike lo aceptaba, pero Nicolas tenía la sensación de que regalaba la mayor parte del dinero a personas que creía más necesitadas que él porque aquel hombre era así.

El joven que había en recepción levantó la mirada al oír la puerta. Chad era estudiante de tercero de Derecho que trabajaba por las noches para pagarse la carrera. Nicolas admiraba a la gente con agallas y también le había regalado a él algún que otro cheque en Navidad.

–Ha llegado una carta para usted, señor –lo informó Chad.

–¿Ah, sí? –contestó Nicolas extrañado.

No era normal, pues ya no recibía cartas. Las facturas y la información bancaria iban directamente a su asesor y, si alguien quería ponerse en contacto con él lo hacía por teléfono, correo electrónico o mensajes de texto.

–Sí, la han traído esta tarde, cuando usted ya se había ido –sonrió el chico–. La verdad es que el cartero y yo nos hemos reído un rato cuando hemos visto cómo habían escrito la dirección. Juzgue usted mismo –añadió entregándole el sobre.

En él se leía:

*Señor Nicolas Dupre*
*Broadway*
*Nueva York*
*Estados Unidos*

–Madre mía –comentó Nicolas con una sonrisa.
–Es lo que tiene ser famoso –contestó Chad.
–No soy tan famoso.
Y era cierto porque a los que entrevistaban constantemente en los medios de comunicación era a los artistas y no a los empresarios. Un par de años atrás le habían entrevistado en televisión porque uno de los musicales que había producido había ganado varios premios, pero nada más.
–Viene de Australia –comentó Chad.
Nicolas sintió que el corazón le daba un vuelco.
La intuición le advirtió que era mejor no mirar el remitente... hasta estar solo.
–Es de una mujer –continuó Chad presa de la curiosidad.
Nicolas no tenía intención alguna de satisfacerla.
–Supongo que será una admiradora –comentó guardándose el sobre en el bolsillo interior de la chaqueta–. Alguien que no se habrá enterado de que dejé de actuar hace años. Gracias, Chad, y buenas noches.
–Ah... sí... buenas noches.
Nicolas esperó a estar a solas en su casa para volver a mirar el sobre.
No era de ella.
¿De verdad había creído que lo iba a ser?
¿De verdad creía que existía la posibilidad de que Serina hubiera recuperado la cordura y se hubiera dado cuenta de que no podía vivir sin él?

Una vez recuperado de la decepción, la carta lo atrapó. Sentía curiosidad y sorpresa. Sobre todo, porque la remitente era Felicity Harmon, la hija de Serina, aquella chiquilla a la que había visto en una sola ocasión y que había creído que podía ser su hija.

Pero no lo era.

Felicity había nacido diez meses después del último encuentro amoroso que había tenido lugar entre Nicolas y Serina y exactamente nueve meses después de que Serina se casara con Greg Harmon.

A Nicolas todavía le costaba aceptar lo que Serina había hecho aquella noche. Había sido muy cruel por su parte volver a aparecer en su vida para dejar que se hiciera ilusiones con algo que no podía ser.

Le había llevado años sobreponerse a la negativa que ella le había dado cuando, a la edad de veintiún años, le había propuesto que se fuera con él a Inglaterra. Finalmente, había aceptado, o creía haberlo hecho, que el amor que Serina sentía por su familia, que vivía en Rocky Creek, era mucho más fuerte que el que sentía por él.

Se había mantenido alejado de allí. Ni siquiera había vuelto para ver a su madre. Lo que había hecho había sido mandarle dinero para que se reuniera con él en el lugar del mundo en el que estuviera en aquel momento.

¿Para qué torturarse?

Había sido Serina la que lo había buscado varios años después. En aquel entonces, Nicolas creía haberse sobrepuesto a ella porque había estado con varias mujeres, con muchas, en realidad. El hecho de no haberse ido a vivir con ninguna ni, por supuesto, haberse casado con nadie le tendría que haber indicado que su corazón seguía perteneciendo a Serina.

Aquel corazón que se le había salido del pecho trece años atrás, cuando la había visto entre el público al salir a saludar una vez finalizado el concierto.

Recordaba perfectamente cuándo había sido porque había sido la primera vez que actuaba en Sydney ya que se había mantenido alejado de Australia en general y de Rocky Creek en particular.

Cuando se había presentado en su camerino, Nicolas no había podido articular palabra. La había mirado a los ojos, llenos de lágrimas, la había tomado de la mano y la había metido en el camerino, donde habían hecho el amor en el sofá con un apetito insaciable hasta que el agotamiento había hecho que se quedaran dormidos abrazados.

Cuando se había despertado, Serina se había ido. Le había dejado una nota diciéndole que lo sentía, pero que no había podido resistir la tentación de estar con él una última vez. En ella, le suplicaba que no la siguiera ni la buscara porque se iba a casar con Greg Harmon en un mes y que nada de lo que hiciera o dijera la haría cambiar de parecer.

Nicolas todavía recordaba la última frase.

«Tu vida es el piano, Nicolas. Es lo que quieres y lo que necesitas: tocar. Me he dado cuenta esta noche. Lo que hay entre nosotros no es amor, es otra cosa, algo peligroso. Si me dejo arrastrar, me destrozará. Sobrevivirás sin mí. Sé que lo harás».

Sí, efectivamente, había sobrevivido... aunque en un par de ocasiones había tenido sus dudas.

Y ahora llegaba un sobre rosa de Australia y el corazón se le ponía a latir aceleradamente, como le solía ocurrir cuando estaba con ella. En el pasado, ella debía de haber sentido lo mismo por él. La verdad era que nunca se había podido resistir físicamente al deseo que había entre ellos. Siempre se habían entendido a las mil maravillas en aquel terreno. Algo increíble teniendo en cuenta que ambos eran vírgenes.

Nicolas sacudió la cabeza al recordar la primera vez. Si hubiera sabido lo que iba a pasar, no habría aceptado la sugerencia de la señora Johnson para que invitara a Serina a la fiesta de graduación.

En aquellos días, con dieciocho años, Nicolas no tenía tiempo para salir con chicas.

Sólo existía el piano.

A las chicas les gustaba y lo buscaban, pues era alto y guapo, tenía el pelo rubio y ondulado y los ojos azules.

A muchas de ellas les habría encantado ir con él al baile de fin de curso, pero él no quería complicarse la vida. No quería novias ni nada por el estilo. Sólo quería tocar el piano.

Por aquel entonces, soñaba con convertirse en el mejor concertista de piano del mundo y tenía una beca para ir al Conservatorio de Música de Sydney y se iba a ir en un par de meses para estudiar allí.

Pronto se iría de Rocky Creek, un lugar que siempre había odiado.

Su madre estaba como loca por que fuera a la fiesta de graduación, así que, cuando su profesor de música le dijo que invitara a otra de sus alumnas de piano, Nicolas siguió su consejo.

En aquel momento, Nicolas decidió que, dado que Serina era más bien tímida, no supondría ningún problema. Craso error. Además, siempre podían hablar de música.

Todavía recordaba la sorpresa que le había producido verla salir de su casa ataviada con un impresionante vestido azul sin tirantes y unas sandalias de tacón que resaltaban sus piernas interminables.

Hasta entonces, sólo la había visto con el uniforme del colegio, sin maquillar y con el pelo recogido en una cola de caballo.

Ahora, con el pelo suelto, maquillada y arreglada parecía mayor y mucho más sensual. En cuanto la vio, Nicolas sintió un deseo que jamás había experimentado antes. No pudo apartar la mirada de ella en toda la noche. Bailar se convirtió en un delicioso tormento.

Para cuando terminó el baile y la llevó a casa, se encontraba bastante cansado. Los padres de Serina habían puesto una condición para dejarla ir al baile con él: que no la llevara a ninguna de esas fiestas que había después del baile y que todo el mundo sabía que se convertía en bebederos de patos y orgías de romanos.

En el momento en el que se lo habían dicho, no le había importado ya que él no bebía ni practicaba sexo.

Sin embargo, en aquellos momentos, deseaba a Serina más que conseguir los aplausos del mundo entero con su piano, pero sabía que no podía ser. Para empezar, porque sabía que, al igual que él, era virgen.

Mientras conducía hacia Rocky Creek, Serina le puso la mano en el muslo. Nicolas giró la cabeza y la miró con los ojos desorbitados y se encontró con dos ojos que lo miraban con la misma desesperación que él sentía.

–No me lleves a casa todavía –susurró Serina.

Nicolas eligió un camino de tierra que se apartaba de la carretera general y que sabía que llevaba a un lugar solitario y agradable junto al río.

Y allí comenzó todo.

Al principio, fueron solamente besos, pero los besos fueron convirtiéndose en caricias y las caricias dieron paso al desnudo y, una vez desnudos y en un abrir y cerrar de ojos, Nicolas se encontró intentando entrar en su cuerpo.

Serina gritó de dolor, pero él no se paró. No podía. Estaba como loco. Al terminar, recuperó la cordura y le entró el pánico porque se dio cuenta de que no se había puesto un preservativo.

–Como te hayas quedado embarazada, tu padre me mata –se lamentó.

–Imposible –contestó Serina con mucha seguridad–.

Acabo de terminar con la menstruación y, según un libro que he leído, no se puede concebir cuando acabas
de terminar.

Nicolas suspiró aliviado.

–Mañana mismo voy a Port a comprar preservativos –prometió–. Y mañana seré más delicado.

–A mí me ha gustado cómo lo has hecho esta noche –contestó Serina sorprendiéndolo–. Házmelo otra
vez, por favor, Nicolas.

Y Nicolas así lo hizo. La segunda vez fue más lentamente y observó alucinado cómo su compañera alcanzaba el orgasmo.

Para cuando la dejó en su casa alrededor de las dos
de la madrugada, estaba completamente obsesionado
con ella.

Consiguieron mantener su relación adolescente en
secreto durante el verano. Nicolas salía a escondidas de
su habitación por las noches y se reunía con Serina detrás de la casa de ella. Era una suerte que hubiera tantas
construcciones pequeñas y recovecos en los que hacer
el amor en la granja en la que vivía Serina.

Nicolas le pidió que no le dijera a nadie que estaban
saliendo. Sobre todo, que no se lo dijera a ninguna de
sus amigas. Sabía que los padres de Serina eran muy
conservadores y que, si se enteraban, harían todo lo que
estuviera en su mano para separarlos.

A ojos de los demás, hicieron ver que se habían hecho amigos al ser los dos alumnos de la misma profesora de piano.

Unos meses más tarde, empezaron a mostrarse como
pareja en público. Para entonces, Nicolas ya estaba estudiando en Sydney y no se veían demasiado, pero,
cuando se veían, aprovechaban el tiempo al máximo.
Les decían a sus padres que habían quedado para tocar
el piano, para ir al cine o a la playa.

Nicolas no quería casarse ni tener hijos en aquellos momentos porque lo único que anhelaba era convertirse en concertista de piano, pero sabía que Serina era la única chica de su vida, que algún día se casarían y sería el padre de sus hijos.

En aquella época, no se le podía ni pasar por la cabeza que fuera a casarse con otro hombre y a tener hijos con él.

Y así había sido.

Serina se había casado con otro y había tenido una hija con él.

Y esa hija le había escrito.

Nicolas abrió el sobre rosa y sacó el folio que había dentro.

*Estimado señor Dupre:*

*Hola, me llamo Felicity Harmon, vivo en Rocky Creek y tengo doce años. Soy delegada de mi curso en el colegio y estoy ayudando a los profesores a organizar un concierto para fin de año. El concierto será el sábado veinte de diciembre y hemos pensado hacer un concurso de talentos para hacerlo más emocionante y poder recaudar más dinero para nuestra brigada antiincendios.*

*Vamos a necesitar a alguien que haga de juez y hemos pensado en que estaría bien que fuera alguien famoso para atraer a más gente. Como usted es la persona de Rocky Creek más famosa que tenemos, he decidido escribirle y pedirle que sea usted el juez.*

*Mi profesora de piano, la señora Johnson, me ha dicho que probablemente me iba usted a decir que no, porque ahora vive en Nueva York y en Londres y ya no tiene familia aquí, pero también me dijo que fue muy amigo de mi madre hace años y que, si se lo pedía con educación, a lo mejor venía. Supongo que no sabrá que mi padre murió hace poco en un incendio. Fue a ayudar en los incendios de Victoria del verano pasado y un árbol en llamas lo aplastó. La noche antes de irse me dijo que nuestra brigada antiincendios necesitaba más equipamiento. Sería estupendo poder comprar un camión nuevo, pero cuestan mucho...*

*Estoy segura de que, si viene y hace de juez, recaudaremos mucho dinero. Si viene, se podría quedar en nuestra casa porque tenemos una habitación de sobra. Le mando mi dirección de correo electrónico por si cree que puede venir. Espero que sí. Por favor, dígamelo cuanto antes, que sólo quedan tres semanas para el concierto.*

*Un saludo,*

*Felicity Harmon*

*PD. He decidido mandar un sobre rosa para que se viera más y se fijara en él.*
*PD2. ¡Si ha sido así y lee mi carta, venga, por favor!*

¿Ir a Rocky Creek? ¡Ni loco!

Si Greg Harmon no hubiera muerto, ni se le habría pasado por la cabeza siquiera la idea de volver, le habría mandado a Felicity un jugoso cheque para compensar la decepción y listo.

Pero ahora que sabía que Serina era viuda... ahora que le habían puesto la zanahoria delante... aquella mujer siempre había sido su punto débil... probablemente, algún día sería su muerte.

# Capítulo 2

SERINA miró con los ojos como platos a su hija. Felicity acababa de anunciar en el desayuno que había conseguido que Nicolas Dupre viniera seguro para el concurso de talentos y su madre se había quedado sin habla.

–¿Y cómo sabías cómo ponerte en contacto con él? –le preguntó finalmente.

La sonrisa de satisfacción de la niña le recordó a su padre. A su padre biológico, no al hombre que la había criado.

–Escribí una carta con su nombre y su apellido y la mandé a Broadway. ¡Y le llegó!

Serina tomó aire para mantener la calma.

–¿Y?

–Y le di mi dirección de correo electrónico y me contestó anoche.

–¿Y por qué no me dijiste nada anoche?

–Porque su correo me llegó cuando tú ya te habías acostado.

–¡Ya sabes que no me gusta que te quedes conectada a Internet cuando yo ya me he acostado!

–Sí, lo siento –se disculpó la niña tan sólo para quedar bien.

Serina se quedó mirando fijamente a su hija, que era una niña demasiado inteligente acostumbrada a salirse siempre con la suya. Además, era muy buena pianista. La señora Johnson solía decir que era la mejor alumna que había tenido desde...

Serina tragó saliva.

¡Aquello no podía estar sucediendo!

–Felicity...

–Mamá, por favor, no te enfades –la interrumpió Felicity–. Tenía que hacer algo para que viniera mucha gente a nuestro concurso y no sólo los padres. Si está Nicolas Dupre, vendrá mucha gente. A lo mejor, sacamos tanto dinero que podemos comprar un camión de bomberos nuevo, uno de ésos que lleva aspersores en el techo, como quería papá. Lo hago por él, mamá. Él no puede hacerlo desde el cielo.

¿Y qué podía decir Serina a eso? Nada. Felicity adoraba a Greg y había sufrido mucho por su muerte. La relación entre ellos había sido siempre maravillosa. Felicity había sido siempre la niña de los ojos de Greg, que nunca había sabido la verdad de su parentesco. Serina había ocultado su secreto a todo el mundo. Incluso a Nicolas, que había sacado el tema de su posible paternidad cuando había estado brevemente en Rocky Creek hacía diez años con motivo del entierro de su madre.

El destino, y la genética, se habían puesto de su parte y había conseguido engañar a todos. Para empezar, el embarazo le había durado diez meses, algo que era muy normal en su familia. Una tía abuela suya había tenido dos embarazos así. Además, Felicity tenía los ojos y el pelo oscuros, como ella y Greg, nada que ver con el pelo rubio y los ojos azules de Nicolas.

Cuando murió la señora Dupre, Felicity no era más que un bebé y todavía no había empezado con las clases de piano, así que no había nada que la relacionara con su verdadero padre.

Ahora que la niña tocaba el piano, todo el mundo en Rocky Creek creía que era por su madre, que había heredado el talento de ella. Dado que su relación con Nicolas había terminado hacía muchos años, era normal que todos pensaran así.

¿Quién iba a creer que la muy respetable Serina Harmon había ido a Sydney y se había acostado con su ex novio un mes antes de casarse con Greg?

¡Era increíble!

Claro que Nicolas siempre la había llevado a hacer cosas increíbles.

Había estado dispuesta a hacer cualquier cosa por él. Cualquier cosa excepto abandonar a su familia cuando más la necesitaba.

¿Cómo se iba a ir a Inglaterra con él después del derrame cerebral que había sufrido su padre? Imposible. Nicolas no lo había entendido. Al principio, se había quedado perplejo y, luego, se había enfadado mucho. Había llegado incluso a decirle que era porque no lo quería lo suficiente.

Pero claro que lo quería. Demasiado. Lo que sentía por él era tan intenso que le había llegado incluso a dar miedo. Cuando estaba con él, no tenía voluntad propia, se convertía en su esclava, no era ella. En cuanto la abrazaba, podía hacer con ella lo que quería porque Serina no era capaz de negarle nada.

Como era consciente de ello, le dijo que no por teléfono.

Nicolas acababa de ganar un concurso de conciertos en Sydney y el premio era irse a estudiar a Inglaterra para estudiar y tocar. Lo primero que hizo fue llamarla para que se fuera con él... aunque nunca le había hablado de casarse.

En aquel entonces, Serina entendió que le estaba proponiendo que se convirtiera en su compañera de viaje, su ayudante personal y, sobre todo, su esclava sexual.

—No puedo irme contigo, Nicolas —le dijo mientras las lágrimas le resbalaban por las mejillas—. Ahora, no. Tengo que ayudar en casa. Tengo que ayudar a llevar el negocio familiar. Sólo me tienen a mí.

Y era cierto porque era hija única y su madre tenía que quedarse en casa cuidando de su padre.

Nicolas había protestado e insistido, pero Serina se había mantenido firme en aquella ocasión. Le había resultado relativamente fácil porque Nicolas estaba lejos. Cuando le había dicho que iba a volver a Rocky Creek para convencerla, ella le había contestado que sería una pérdida de tiempo y que, además, ya estaba más que harta de mantener una relación a distancia con él, lo que era completamente falso.

Lo cierto era que, desde que Nicolas se había ido a estudiar a Sydney, se veían en los escasísimos fines de semana en los que volvía a casa y durante las vacaciones y, a veces, ni siquiera volvía a Rocky Creek durante las vacaciones porque se iba a un campamento musical.

–Quiero un novio normal –se había quejado Serina–. Quiero un novio que no esté obsesionado con la música. ¡Quiero un novio que viva en Rocky Creek! Greg Harmon me ha pedido salir unas cuantas veces –había añadido fiel a la verdad.

–¡Pero si podría ser tu padre!

–Qué tontería.

Lo cierto era que Greg parecía mayor de lo que era. Tenía casi treinta años y trabajaba de profesor en Wauchope High School, el colegio en el que habían estudiado Nicolas y Serina. Aunque Serina nunca había ido a sus clases porque Greg enseñaba agricultura y carpintería, siempre había sabido que le gustaba.

De hecho, en cuanto se había graduado, Greg había empezado a invitarla a salir.

–Es muy simpático –lo había defendido Serina–. Y muy guapo. La próxima vez que me invite a salir, le voy a decir que sí.

Cuando Nicolas se había ido a Inglaterra solo, había sido casi un alivio. Nunca había vuelto a saber de él. Ni la había llamado ni le había escrito para pedirle perdón. Se hizo entre ellos el silencio más amargo y absoluto.

A Serina le costó mucho tiempo olvidarse de Nicolas y, al final, la soledad la había llevado a empezar a aceptar las citas de Greg. Sin embargo, siempre había creído que Nicolas volvería algún día para estar con ella, así que no se acostó con Greg al principio ni aceptó sus continuas propuestas de matrimonio.

Pero el tiempo fue pasando y Serina terminó permitiendo que Greg le comprara un anillo de compromiso y terminó acostándose con él, después de lo cual lloró y lloró. No porque Greg fuera burdo o desconsiderado, todo lo contrario, simplemente porque no era Nicolas.

Haciendo un gran esfuerzo, consiguió olvidarse de Nicolas y empezar a preparar su boda. Aunque no era la persona más feliz del mundo, se sentía relativamente contenta con su vida.

Su prometido, su familia y sus amigos la querían y la comunidad la respetaba. Además, estaba entusiasmada ampliando el aserradero familiar porque la demanda de madera cada vez era más grande ya que muchos jubilados y urbanitas cansados de la ciudad elegían Rocky Creek para irse a vivir.

Ojalá no hubiera ido nunca a Sydney a ver si encontraba un vestido de novia que le gustara... ojalá no hubiera visto la entrevista que le hicieron a Nicolas en la televisión del hotel... ojalá no hubiera ido aquella noche a la ópera a oírlo tocar.

Serina miró a su hija y se preguntó por enésima vez si habría hecho lo correcto al hacer pasar a Felicity por hija de Greg.

No había sido algo premeditado. Cuando se había dado cuenta de que estaba embarazada, faltaba poco para la boda y no se había atrevido a contarle a Greg lo ocurrido porque sabía que le haría un daño atroz. Y no sólo a él, sino también a todos los demás. Todos hubieran sufrido. Su familia, sus amigos, todos.

La vida en un pueblo pequeño no era tan sencilla como algunos creían.

«Tomé la decisión correcta. Era lo único que podía hacer. Greg ha sido un buen marido y un buen padre. Con él, he tenido una vida tranquila y serena. Sigo teniendo una vida tranquila y serena», pensó Serina.

Pero aquella paz y aquella tranquilidad estaban a punto de saltar por los aires.

Genial.

Serina sintió que el miedo se le instalaba en las entrañas. Tenía miedo de su reacción cuando volviera a ver a Nicolas. Esta vez, no tendría la protección moral de estar casada. Recordaba perfectamente cómo se había sentido cuando lo había vuelto a ver en el entierro de su madre. Había sido hacía diez años, cuando ella contaba veintisiete y él, treinta.

Greg insistió en que había que ir al entierro, pues el señor Dupre había sido un miembro muy querido de la comunidad, así que habían ido. Incluso se habían llevado a Felicity, que en aquel momento tenía dos añitos.

Después de la misa, Nicolas la había acorralado, aprovechando que Greg había sacado a Felicity a jugar al jardín.

Nicolas se había mostrado muy frío. Frío como el hielo. La había interrogado acerca de la fecha de nacimiento de Felicity en un tono glacial, pero, aun así, Serina había tenido la sensación de que se estaba quemando por dentro. Y se estaba quemando de deseo, un deseo que le pareció perturbador y despreciable.

Todavía se enfadaba al pensar en lo que habría sucedido si Nicolas, aprovechando que estaban solos, hubiera intentado algo.

Afortunadamente, no había intentado nada.

Pero ¿qué haría ahora que era viuda?

¿Le habría dicho Felicity que Greg había muerto? Seguramente.

–¿Tienes una copia de la carta que le has mandado al señor Dupre? –le preguntó a su hija.

Felicity la miró indignada.

–¡Mamá, eso es privado!

–Quiero verla ahora mismo –insistió Serina–. Y el correo electrónico que él te ha escrito, también.

Felicity frunció el ceño y no se movió.

Serina se levantó muy seria.

–Vamos, señorita –le dijo.

La carta de su hija le pareció conmovedora hasta que llegó al párrafo donde le ofrecía que se podía quedar en su casa.

–¡No se puede quedar aquí! –exclamó sin poder controlarse.

–¿Por qué no? –le preguntó Felicity con la indignación y la inocencia propias de su edad.

–Porque no.

–«Porque no» no es una contestación válida. ¿Por qué no? –insistió su hija.

–Porque no puedes ir por ahí invitando a casa a gente que no conoces de nada –contestó Serina desesperada.

–Pero tú sí que lo conoces. Vivió aquí durante mucho tiempo y la señora Johnson me ha dicho que fuisteis buenos amigos, incluso que estuvisteis saliendo.

–Sólo de vez en cuando –mintió Serina–. Además, eso fue hace casi veinte años. No sé qué tipo de persona será ahora Nicolas Dupre. ¿Y si fuera un borracho o un drogadicto?

Felicity la miró como si su hubiera vuelto loca.

–Mamá, se te está yendo la cabeza. En cualquier caso, no tienes por qué preocuparte porque el señor Dupre no se va a quedar en casa. ¡Anda, toma! Lee el correo electrónico que me ha enviado y deja de decir tonterías.

Dicho aquello, Felicity abrió el correo de Nicolas y Serina lo leyó.

*Estimada Felicity:*

*Gracias por tu preciosa carta. Siento mucho la muerte de tu padre y os envío mi más sentido pésame a ti y a tu madre.*

*Tengo muy buenos recuerdos de Rocky Creek y para mí será un honor ayudarte con tu proyecto para recaudar fondos. Por tu carta, he deducido que eres una chica muy inteligente y emprendedora. Estoy seguro de que tu madre estará muy orgullosa de ti. En definitiva, que estaré encantado de ser el juez de tu concurso.*

*Por desgracia, tengo compromisos profesionales en Nueva York y en Londres durante los próximos quince días y no podré llegar a Sydney hasta el día antes del concurso.*

*Te agradezco mucho que me invites a tu casa, pero prefiero alojarme en un hotel en Port Macquarie. Te llamaré por teléfono en cuanto llegue y, así, me podrás decir el lugar y la hora a la que debo estar al día siguiente.*

*Por favor, envíame un correo electrónico para confirmarme que todo esto te parece bien y dame el teléfono de tu casa.*

*Dales recuerdos de mi parte a tu madre y a la señora Johnson. Estoy deseando volver a verlas a las dos.*

*Un saludo,*

*Nicolas Dupre*

Serina no supo qué decir. Aquel correo era muy educado. Demasiado educado de hecho. No era propio de Nicolas.

Quizás lo que le había dicho a su hija fuera cierto. Ya no conocía a Nicolas Dupre. Habían pasado muchos años. A lo mejor ya no era el joven apasionado y enfadado con la vida que ella recordaba.

A lo mejor, se había convertido en un hombre maduro, calmado y... agradable. A lo mejor, iba a venir a ser juez del concurso de Felicity por amabilidad.

¡A lo mejor, no venía por ella en absoluto! ¡A lo mejor, le daba igual que se hubiera quedado viuda!

Nicolas estaba contestando amablemente a la petición de una niña cuyo padre había muerto en circunstancias trágicas.

Serina intentó creérselo, pero no pudo.

Sabía perfectamente, lo sabía en lo más profundo de su corazón, que Nicolas Dupre volvía a Rocky Creek por ella.

No porque siguiera enamorado de ella, pero sí, tal vez, por el deseo que había visto en sus ojos en el entierro de su madre. ¿Y si quería aprovecharse de eso para vengarse, para pasar una noche de pasión salvaje y desaparecer a la mañana siguiente, como ella le había hecho a él años atrás?

Serina se estremeció de pies a cabeza.

«Espero que no, que no venga por eso, que no venga con esa idea. Ojalá venga por un motivo más tierno y altruista. A lo mejor, para visitar la tumba de su madre... Por favor, por favor, que no sea yo el motivo de su viaje... porque esta vez, no podré huir, no podré esconderme...», suplicó Serina.

# Capítulo 3

NICOLAS podría haber alquilado un coche en Sydney y haber conducido hasta Port Macquarie, pero eran cinco o seis horas de viaje o incluso más porque podía tener que lidiar con la hora punta de tráfico en Mascot al atravesar la ciudad.

Eso era lo que había hecho cuando había vuelto a Rocky Creek para el entierro de su madre y se había arrepentido. También se había arrepentido de haber alquilado un ridículo coche deportivo que no le había ido bien en absoluto en aquellas carreteras mal pavimentadas.

Así que, en esta ocasión, reservó billete para un vuelo interno entre Sydney a las ocho de la mañana y Port Macquarie, a donde llegó tres cuartos de hora después. Una vez allí, tenía previsto tomar un taxi hasta el hotel, donde lo estaría esperando el vehículo 4x4 que había alquilado.

Había preferido no alquilarlo en el aeropuerto porque sabía por experiencia que perdía mucho tiempo y, una vez tomada la decisión de ir a Port Macquarie, no podía esperar más, quería llegar cuanto antes.

La zozobra que había sentido la noche que había recibido la carta de Felicity había sido reemplazada por una emoción parecida a la que solía sentir cuando iba a salir al escenario a tocar.

Todo salió a pedir de boca. El vuelo llegó a Mascot unos minutos después de la hora prevista, pero, aun así, le dio tiempo perfectamente de hacer la conexión a Port Macquarie, a donde llegó a las nueve.

Un cuarto de hora después de lo previsto inicialmente, Nicolas y su equipaje se dirigían en taxi al centro de la ciudad.

–Esto ha crecido mucho desde la última vez que vine –comentó–. Claro que hace casi veinte años...

–Pues, entonces, no me extraña que note el cambio –contestó el taxista–. Port ha cambiado mucho.

A Nicolas le pareció que la parte vieja, el centro, no había cambiado en absoluto. La distribución seguía siendo rectangular, con calles bien trazadas y amplias en las que se podía aparcar a ambos lados. Allí seguía el cine, en la esquina, y también el pub al otro lado de la calle.

Era cierto que se notaba que ahora había mucho turismo porque había bloques de pisos y restaurantes por todas partes.

Y, por supuesto, había turistas en tropel.

Estaban en verano y las temperaturas eran muy altas, así que los australianos se dirigían a la costa para pasar el calor lo mejor posible.

Nicolas empezaba a encontrarse pegajoso y le hubiera gustado poder darse una buena ducha y cambiarse de ropa porque el traje, con corbata incluida, que llevaba se le estaba haciendo incómodo.

El taxi giró a la izquierda y se acercó al bloque de apartamentos en alquiler que Nicolas había elegido para alojarse y desde los que había unas vistas maravillosas de Town Beach. Lo había encontrado en Internet y había reservado un apartamento hacía un par de días.

Aunque, en teoría, la hora de entrada eran las dos de la tarde, le dieron la llave sin problema. Seguramente, porque el apartamento que había elegido no había estado ocupado la noche anterior, lo que no era de extrañar dado el elevado precio que tenía y contando con que el día anterior había sido jueves.

Nicolas recorrió la casa, que le gustó mucho. Había merecido la pena pagar dos mil dólares por una semana. Había un salón muy espacioso y un comedor precioso que daban a una gran terraza desde la que se veía el mar. En la terraza, había barbacoa, mobiliario de exterior y una bañera de hidromasaje.

El dormitorio era de hotel de cinco estrellas. Disponía de una cama de dos por dos y de una televisión de plasma instalada en la pared de enfrente. El baño era completamente de lujo, tenía la grifería de oro, los accesorios de cristal y una bañera de spa para dos. La cocina, por su parte, también era soberbia, con las encimeras de granito negro y los electrodomésticos de acero inoxidable.

Nicolas abrió la nevera y vio que le habían dejado varias botellas de vino y de champán. Había Chardonnay, Chablis, dos botellas de tintos de Hunter Valley. Sobre la mesa, le habían dejado un cuenco con fruta y una caja de bombones.

A Serina le encantaban los bombones; era muy golosa.

Serina...

Mientras abría una de las dos maletas que había llevado y comenzaba a deshacer el equipaje, se preguntó cómo reaccionaría esta vez al verlo.

Cuando habían hablado tras el entierro de su madre, se había mostrado muy tensa. Seguramente, porque le había dado miedo que Nicolas pudiera decirle algo a su marido. Era comprensible que no le hubiera contado a Greg que se había acostado con él poco antes de casarse.

En aquella ocasión, Nicolas no había sido muy agradable. Estaba dolido y celoso y no se había mostrado agradable ni amable, lo que lo había llevado a interrogar sin piedad a Serina sobre la paternidad de su hija a pesar de que ya había visto, por sus rasgos, que la pequeña no era suya.

Recordaba perfectamente que durante todo el rato que habían hablado la había deseado. De hecho, durante todo el tiempo había mantenido una fuerte erección.

La deseaba, la amaba, la odiaba.

Le había parecido más guapa de lo que la recordaba. El negro le quedaba muy bien. La verdad era que todos los colores le quedaban bien porque tenía el pelo y los ojos oscuros y la piel aceitunada.

La maternidad le había sentado de maravilla. Lejos de estropearle el cuerpo, le había realzado la figura y ahora tenía más curvas y era más mujer.

Estaba más sensual que nunca.

Nicolas se había sentido fatal cuando la había visto marcharse en compañía de otro hombre, había sentido náuseas al ver cómo la agarraba Greg de la cintura.

Aquella noche no había pegado ojo, se la había pasado imaginándose a Serina con su marido en la cama, entre sus brazos, bajo su cuerpo.

A la mañana siguiente, cansado y cabizbajo, le dio instrucciones al abogado de su madre para que vendiera la casa y todo lo que había en ella y le ingresara el dinero en su cuenta de Londres.

Aquella misma tarde se fue de Rocky Creek jurándose no volver jamás.

Sin embargo, aquí estaba.

Jamás hubiera imaginado que Greg Harmon, que era un hombre increíblemente sano, iba a morir tan joven ni que la hija de Serina le iba a escribir para rogarle que volviera a Rocky Creek.

Nicolas se preguntó qué le habría parecido aquello a Serina. ¿Se habría enfadado? Lo cierto era que había sido muy atrevido por parte de la niña. Nicolas tenía la sensación de que lo había hecho sin pedirle permiso a su madre.

De hecho, Serina no se había puesto en contacto con él en ningún momento. El director del colegio sí lo había hecho, para comprobar que su llegada era cierta, pero no había sabido absolutamente nada de la madre de Felicity.

¿Sería indiferencia?

Nicolas lo dudaba mucho, pues sabía que Serina no podía mostrarse indiferente ante él. Exactamente igual que a él ella no le era indiferente.

Mientras colocaba sus cosas en el baño, se prometió no abandonar Australia hasta no saber lo que Serina sentía por él y lo que él sentía por ella. No quería pasarse el resto de su vida pensando en lo que podría haber sido.

Había reservado el apartamento para una semana, así que supuso que tenía tiempo más que suficiente de hallar respuestas a sus preguntas.

# Capítulo 4

AQUEL viernes por la mañana, Serina fue incapaz de concentrarse en el trabajo.

No podía dejar de pensar en que Nicolas estaba llegando a Port Macquarie, en que, en cuanto llegara, no iba a llamar a Felicity ni a Fred Tarleton, el director del colegio, sino a ella.

Pobre de ella.

Su querida Felicity así se lo había comunicado la noche anterior, diciéndole con mucha naturalidad que le había dado su teléfono móvil a Nicolas para que la llamara en cuanto llegara a Port Macquarie porque ella y los demás iban a estar muy liados organizando las cosas en el colegio para que todo estuviera perfecto para la llegada de su famoso juez al concurso al día siguiente.

No había habido nada que hacer.

Felicity era terca como una mula.

En cualquier caso, Serina había pensado que ya no podía localizar a Nicolas a aquellas horas de la noche porque ya habría salido de Londres. Claro que, esto se le había ocurrido por la mañana, seguro que llevaba uno de esos superteléfonos que reciben correos electrónicos incluso en los aviones.

Serina no era muy amiga de los últimos adelantos tecnológicos. De hecho, no los conocía muy bien y no tenía mucho interés. Aunque trabajaba con un ordenador en la oficina, en casa no tenía portátil, llevaba un móvil de lo más sencillo y no le gustaba demasiado Internet.

Felicity, sin embargo, como la mayor parte de los niños de su edad, se movía con total soltura por la red virtual. Prueba de ello había sido la cascada de información que había vertido sobre su madre en los últimos quince días.

Toda sobre Nicolas, claro.

Le había contado todo lo que había encontrado en Internet sobre él, desde cuando había empezado a tocar hasta que se había convertido en empresario de éxito y le había enseñado a Junko Hoshino, su protegida japonesa, que era guapa y tenía talento, lo que había disparado los rumores de una posible relación porque, además, a Nicolas lo tenían por un hombre muy mujeriego, lo que no extrañaba a Serina.

Algunas de las cosas que le contó su hija, Serina ya las sabía porque un par de años antes un canal de televisión le había dedicado un programa entero de una hora. En aquel programa, se hablaba del accidente que había dado al traste con su carrera como concertista y se ensalzaba su valor y su tenacidad a la hora de convertirse en productor musical.

Le había resultado muy difícil ver aquel programa con Greg al lado. Sobre todo, porque a Serina le habría gustado grabarlo para poder verlo una y otra vez... para poder ver a Nicolas una y otra vez... pero no se había atrevido.

Greg sabía que Serina había salido con Nicolas, pero ella siempre le había quitado importancia al asunto, siempre le había dicho que lo suyo no había sido serio y que no le había importado que abandonara Australia para seguir con su carrera.

Sin embargo, cuando Greg había querido sexo aquella noche, le había dicho que no porque no podía soportar la idea de hacer el amor con su marido teniendo tan fresco en su memoria el recuerdo de Nicolas.

Y ahora lo volvía a tener muy fresco en su memoria. No solamente porque sabía que iba a llegar a Rocky Creek de un momento a otro, sino por lo que había visto en el ordenador de Felicity la noche anterior. Aquella chiquilla había encontrado un viejo vídeo de Nicolas tocando unas polonesas de Chopin en el Royal Albert Hall.

–Mira, ven a verlo –le había insistido.

Al principio, Serina no había querido, pero luego no había podido separarse de la pantalla.

Nadie tocaba el piano como Nicolas.

Estaba segura de que había pianistas con mejor técnica que él, pero ninguno le ponía tanta pasión ni tenía tanto estilo ni atractivo como él. Las mujeres prácticamente se desmayaban cuando lo oían tocar.

A ella le había sucedido la noche anterior. A pesar de la mala calidad del vídeo, había sentido escalofríos de deseo.

–Era un pianista muy bueno, ¿no, mamá? –le había preguntado Felicity.

–Sí –había contestado Serina sinceramente.

–¡Y pensar que ya no puede tocar! Cuando leí que se había quemado las manos, me entraron ganas de llorar. Claro que fue muy valiente haciendo lo que hizo, ¿verdad?

–Sí, muy valiente.

Y era cierto.

Por lo visto, Nicolas iba una noche andando por el centro de Londres, era muy tarde y un coche que pasaba perdió el control, se estrelló contra una pared y se incendió. La conductora perdió el conocimiento. Nicolas se acercó corriendo y la sacó. Ya la tenía fuera cuando oyó llorar a un bebé. Le llevó un buen rato desatar el cinturón de la silla de seguridad del niño. Para cuando lo consiguió, se había quemado las manos. La izquierda, sobre todo, sufrió quemaduras tan graves que le tuvieron que amputar el pulgar.

Cuando se enteró por las noticias, que cubrieron la tragedia ampliamente, Serina lloró con amargura en su habitación. Allí la encontró Greg, que creyó que lloraba porque no se quedaba embarazada de nuevo. Y ella no lo había sacado de su error. ¿Cómo le iba a decir que lloraba por Nicolas?

Aquello le había hecho sentirse culpable. Durante los años que había estado casada con Greg, se había sentido culpable muchas veces. Desde que Greg había muerto, ya no se sentía así.

De hecho, en aquellos momentos, no se sentía culpable en absoluto. Lo que estaba era muy nerviosa.

No paraba de mirar el reloj. Sólo eran las diez y cuarto. Todavía no habría llegado a Port Macquarie. Se tardaban varias horas en coche y sabía que su avión había aterrizado en Mascot a las seis y media. Tenía que recoger el equipaje, pasar la aduana y alquilar un coche. Para entonces, habría pillado tráfico en Sydney, así que no se habría puesto en carretera hacia allí hasta aproximadamente las nueve. Si a eso añadimos un par de paradas para tomar algo e ir al baño y las obras que había entre Bulahdelah y Taree, no creía que fuera a llegar antes de las tres o las cuatro de la tarde.

Claro que, a lo mejor, no había alquilado un coche. ¿Y si había preferido ir en avión? Cuando ella había ido a Sydney desde Port lo había hecho en tren, pero sabía que había conexión por avión y que se llegaba sobre las diez de la mañana. De ser así, podía estar ya casi instalándose y disponiéndose a llamarla.

Nada más pensar en ello, sonó su teléfono móvil.

—¡Seguro que es él! —exclamó Allie desde recepción.

–Entonces, no ha venido en coche –contestó Serina.

–¡Claro que no! –terció Emma con impaciencia desde su mesa–. ¿Para qué iba a venir en coche si puede venir en avión?

Sus dos compañeras de trabajo sabían todo acerca de la visita de Nicolas y acerca del propio Nicolas porque Felicity se pasaba por allí cada dos por tres para darles el parte. Afortunadamente, eran más jóvenes que ellos y no estaban en el colegio cuando Nicolas y Serina habían sido novios, así que creyeron a Serina cuando les dijo que el famoso productor musical y ella sólo habían sido amigos.

Sin embargo, como buenas féminas, intuyeron que, ahora que él volvía, podían retomar su buena amistad y convertirle en algo más. Tanto Emma como Allie admiraban abiertamente a su jefa por su belleza y su estilo y, últimamente, andaban empeñadas en emparejarla.

Por suerte para ella, todos los hombres de su edad con los que podría haber salido estaban casados. Lo cierto era que Serina no tenía ningún interés en volver a casarse. Ni siquiera quería salir con nadie.

Pero Allie y Emma no la creían.

–¡Por favor, Serina, deja de mirar el teléfono y contesta! –exclamó Allie.

Serina tomó aire y levantó el auricular.

–¿Sí?

–¿Serina? ¿Eres tú?

Era Nicolas. Serina recordaba perfectamente su voz, una voz grave, intensa y melosa como el chocolate.

–Sí, soy yo, Nicolas –contestó aclarándose la voz con la esperanza de que no se le notaran los nervios–. ¿Dónde estás?

–En Port Macquarie.

–Ah, así que has venido en avión... ¿Y dónde te estás alojando?

–En los apartamentos Blue Horizons.

Serina sabía que eran los apartamentos más nuevos y lujosos de Port Macquarie. Desde luego, a Nicolas le gustaba lo bueno. Así le había quedado claro en el programa que había visto sobre él y que había sido grabado en su casa de Nueva York, que era un piso enorme y precioso que le debía de haber costado una fortuna.

–¿Qué tal el vuelo desde Londres? –le preguntó muy consciente de que Allie y Emma no perdían palabra.

–Muy bien –contestó Nicolas–. Estuve todo el viaje durmiendo.

No como ella, que se había pasado la noche en vela.

–Suelo tomarme una pastilla para dormir antes de embarcar. Lo hago siempre –le explicó Nicolas–. Y, por supuesto, viajo en primera. Eso también ayuda.

–Claro –contestó Serina.

¿Había sonado enojada? Esperaba que no porque quería mantenerse neutral en todo lo que tuviera que ver con Nicolas. Durante las largas horas que había permanecido despierta aquella noche, se había prometido que no iba a permitir que la alterara.

Pero eso había sido entonces y ahora era ahora. Mucho se temía Serina que, cuando lo tuviera cara a cara, todas sus buenas intenciones se iban a ir al garete. El mero hecho de estar hablando con él por teléfono le había hecho que le sudaran las palmas de las palmas.

Claro que también hacía bastante calor. Treinta y seis grados, para ser exactos. Ya... ¿y el aire acondicionado?

No tenía ningún motivo atmosférico para estar acalorada.

–¿Tienes coche? –le preguntó rezando para que así fuera.

Lo último que quería era tener que hacerle de chófer.

–Por supuesto –contestó Nicolas con cierta seque-dad–. Esta vez, he alquilado un monovolumen para que no me pasara lo de la última vez.

–¿Qué te pasó la última vez?

–¿No te acuerdas? Alquilé un deportivo.

–Ah, sí –contestó Serina.

Todas las chicas, y también los chicos, habían sali-vado al ver el pequeño descapotable amarillo aparcado en la puerta de la iglesia aquel día. Greg había hecho un comentario antipático. Serina lo había ignorado.

–Supongo que la carretera de Rocky Creek tendrá tantos baches como siempre –comentó Nicolas.

–Me temo que sí –contestó Serina.

–He encontrado Port muy cambiado.

–Es lo que tiene el tiempo, Nicolas. Las cosas cam-bian. Todo cambia –contestó Serina.

–Sí, aunque no siempre para mejor –contestó Nico-las con cierta brusquedad–. Bueno, me voy a duchar y a cambiar de ropa y así me enseñas adónde tengo que ir mañana. Luego, me gustaría invitarte a comer.

–¿A comer? –graznó Serina.

Allie y Emma asintieron vigorosamente. No podía negarse. No quería levantar sospechas.

–Sí, a comer. ¿No puedes? –le preguntó Nicolas.

–Bueno... estoy trabajando –contestó Serina.

–Ah, claro, el negocio familiar... bueno, pero su-pongo que ahora serás la jefa, ¿no? ¿O tu padre se re-cuperó de aquel derrame cerebral y sigue al mando?

Serina tragó saliva.

–No, no, mi padre nunca se recuperó. Murió... murió hace dos años. De otro derrame.

–Vaya, lo siento mucho, Serina –comentó Nicolas con delicadeza–. Sé cuánto lo querías. ¿Y tu madre qué tal lo ha encajado?

Serina se quedó estupefacta ante la repentina sensibilidad de Nicolas. La última vez que habían hablado en el entierro de la madre de él, Nicolas se había mostrado muy enfadado y dolido. No había habido ningún tipo de comprensión ni de perdón por su parte. A lo mejor, se le había pasado. A lo mejor, no quería vengarse de ella.

A lo mejor, ya había olvidado lo que le había hecho hacía años.

Ojalá.

–Yo creo que la muerte de mi padre fue casi un alivio para mi madre –contestó–. No tenía calidad de vida. No podía hablar ni andar. Las terapias no le fueron bien. El daño cerebral que sufrió fue demasiado fuerte.

–No lo sabía.

¿Cómo lo iba a saber si nunca le había preguntado y ella nunca le había contado nada? Después de que Nicolas se fuera a Inglaterra de malas maneras, no habían vuelto a hablar ni a verse hasta la noche de Sydney y, en aquella ocasión, no se habían puesto a hablar precisamente.

«¿Pero qué hago pensando en aquella noche?», se reprochó.

La cabeza le daba vueltas.

¿Qué le acababa de preguntar Nicolas? Algo sobre su madre, ¿no?

–Mi madre está bien –contestó–. Vendió la casa y se fue a vivir a una urbanización para mayores donde tiene una casa para ella sola. Ahora está más cerca de la ciudad. Los fines de semana se pasa por aquí a trabajar un rato y le está sentando muy bien. Así, yo puedo estar más tiempo con Felicity.

Lo que no le contó fue que aquel arreglo había comenzado tras la muerte de Greg, cuando Serina había tenido la sensación de que no podía con todo.

Había querido mucho a su marido. Tal vez, su relación no estaba basada en la pasión, pero el suyo había sido un afecto verdadero.

Aun así, una vez pasados la sorpresa y el dolor iniciales, tenía que confesar que se había sentido aliviada de alguna manera. Eso debía de ser lo que había sentido su madre tras la muerte de su padre. Su madre se había ido deprimiendo al tener que estar pendiente única y exclusivamente de las necesidades de su marido, no había tenido más remedio que ocuparse de él y olvidarse de sí misma. El matrimonio de Greg y Serina no había sido así, pero no había sido demasiado feliz. Fundamentalmente, porque Serina se sentía muy culpable. Su gran secreto no la había dejado vivir en paz.

Ahora que era viuda, había creído que su secreto estaba a salvo.

Hasta aquel momento...

¿Qué pensaría Nicolas cuando viera tocar el piano a Felicity? Y la iba a ver al día siguiente, en el concurso. Gracias a Dios, no se parecía a él en absoluto, pero había desarrollado ciertos gestos al tocar que delataban de quién era hija. Por ejemplo, el ardor con el que se lanzaba sobre las teclas, la elegancia con la que retiraba las manos cuando terminaba de interpretar una pieza o la forma de retirarse el pelo...

–Le podrías pedir a tu madre que te sustituyera un rato y, así, podrías comer conmigo –propuso Nicolas.

–Uy, no, imposible –contestó Serina–. Ha ido a llevar a la señora Johnson al hospital de Newcastle.

–¿Está enferma?

–Está bien, pero es mayor. Hace unas semanas, le dio un vahído y mi madre le dijo que debería hacerse un chequeo. Después de lo de mi padre, siempre dice que más vale prevenir que curar. No volverán hasta esta tarde.

–Así que vas a tenerte que quedar todo el día en la oficina...

–No, no –contestó Serina al ver que Allie y Emma se exasperaban–. Tengo dos ayudantes estupendas y me puedo ir un rato. En Navidad no se construyen muchas casas, ¿sabes?.

–Bien. Entonces, me paso a buscarte dentro de una hora.

–¿Sabes llegar?

–Supongo que el aserradero seguirá estando donde siempre, pasando el taller de la calle Mayor, a la izquierda.

–Exacto –contestó Serina con una sonrisa en los labios.

En los diez años que Nicolas llevaba sin pisar por allí, Rocky Creek y su negocio familiar habían cambiado tanto como Port Macquarie. Se moría de ganas por verle la cara.

–Yo también he cambiado –se dijo a sí misma mientras se miraba en el espejo.

Seguía siendo una mujer atractiva. No había engordado con los años ni tenía canas, pero su piel había perdido el brillo de la juventud, le habían salido unas cuantas patas de gallo y, si uno se fijaba de cerca, se daba cuenta de que se le había descolgado un poco el cuello.

Serina se llevó las manos al cuello y tiró de la piel con los pulgares. Eso era lo que hacían las mujeres de Nueva York que tenían dinero, estirarse e inyectarse.

Serina apartó las manos y suspiró enfadada consigo misma. Qué tonterías. ¡Y todo por Nicolas!

Normalmente, no solía maquillarse para ir a trabajar, sólo se ponía máscara en las pestañas y pintalabios, pero aquella mañana no había podido resistir la tentación de ponerse base y sombras. Además, se había puesto un vestido nuevo. Era uno de los dos que se había comprado en Port Macquarie el fin de semana pasado, pensando en la visita de Nicolas.

Por supuesto, quería estar guapa, no quería que la viera como a una pueblerina.

Serina se acercó al espejo para retocarse el pintalabios y vio que los ojos le brillaban demasiado.

–Ten cuidado –se dijo.

Le había dicho a Nicolas que el tiempo lo cambia todo, pero no era cierto.

Ella seguía deseándolo.

Siempre había sido así y siempre lo sería.

No debía permitir que él se diera cuenta.

Bajo ningún concepto.

# Capítulo 5

MIENTRAS conducía hacia Rocky Creek, Nicolas no se fijó en su entorno. Había media hora de trayecto y se la pasó entera pensando en la actitud de Serina cuando habían hablado por teléfono.

No parecía demasiado disgustada por su regreso aunque era evidente que no quería tener demasiado que ver con él. De hecho, no parecía muy contenta de salir a comer con él, pero no se había podido negar sin parecer grosera.

Nicolas sabía perfectamente que Felicity se enfadaría con su madre si ésta no se mostraba hospitalaria con él y lo había aprovechado al llamar.

Nicolas sonrió al recordar los correos electrónicos que había intercambiado con ella. Qué niña tan inteligente y deliciosa. También muy cabezota. Mucho trabajo para una madre viuda porque estaba claro que conseguía siempre lo que quería.

Nicolas sabía muchas cosas sobre esos niños cabezotas porque él había sido así.

Su madre, que era como si hubiera sido viuda, había tirado la toalla cuando Nicolas había cumplido trece años y le había ido muy bien tomando sus propias decisiones.

Sólo le había ido mal con Serina. La había perdido dos veces. La primera cuando a su padre le había dado el derrame cerebral y ella había decidido no abandonar Australia para ir con él a Inglaterra.

Nicolas había terminado por entenderlo y también había comprendido que la soledad la hubiera llevado a los brazos de otro. Él tampoco había permanecido célibe todos aquellos años.

La segunda vez que la había perdido había sido culpa suya. Sí, se culpaba por ello. Debería haber ido a buscarla a pesar de lo que Serina le ponía en la nota. Debería haber vuelto a Rocky Creek, haber montado el numerito y haberle pedido que se casara con él y no con Greg.

Debería haber removido Roma con Santiago para estar al lado de la mujer a la que amaba.

Porque entonces, por supuesto, todavía la amaba.

Ahora, sin embargo, se le antojaba completamente ilógico seguir deseándola todavía.

Pero así era.

Que el Cielo lo ayudara.

—Y, esta vez, no pienso dejar que se me vuelva a escapar —murmuró.

Nicolas tenía la sensación de que Serina no tenía intención de perderse entre sus brazos con el abandono con el que lo había hecho aquella noche en Sydney. Habían pasado casi trece años desde entonces, trece largos años, y diez desde la última vez que se habían visto, que tampoco contaba mucho porque su marido estaba en el jardín.

Sin embargo, ahora no había marido que enturbiara la conciencia de Nicolas si se veía forzado a utilizar el sexo para ganársela, lo que podía ocurrir.

La Serina con la que acababa de hablar estaba mucho más segura de sí misma que la adolescente que se había plegado a todos sus deseos.

Aun así, seguía siendo su Serina. Si creía que no seguía habiendo algo vivo entre ellos, estaba equivocada. La chiquilla que nunca le decía que no a nada, sobre todo en cuanto al sexo, estaba a punto de volver. Él se iba a encargar de despertarla de nuevo.

Nicolas se estremeció de placer al recordar las cosas que habían hecho. Al principio, su forma de hacer el amor había sido bastante básica, pero con el tiempo y la práctica habían rebasado todos los límites.

A veces, cuando estaba estudiando en Sydney y volvía para pasar el fin de semana, aprovechaban que los padres de ella estaban jugando al golf para pasarse la tarde entera haciendo el amor por toda la casa... menos en la habitación de sus padres, claro.

Todos los demás sitios estaban permitidos: el cuarto de invitados con su cama barco, el sofá de la terraza, la alfombra de la chimenea, la mesa del salón...

Y Serina siempre se había mostrado dispuesta.

Había sido increíble y muy adictivo.

Por eso, precisamente, Serina había ido a buscarlo un mes antes de casarse, porque no había podido olvidar lo que habían compartido, porque echaba de menos dejarse llevar y perder el control mientras hacían el amor.

Le había dicho que lo suyo era destructivo.

Quizás fuera cierto porque él nunca había sido completamente feliz con ninguna otra mujer. Y, ahora que pensaba en ello, Nicolas sospechaba que Serina tampoco lo había sido al cien por cien con su marido. El día del entierro de su madre, estaba tensa y nerviosa por miedo a que desvelara ante Greg lo que había habido entre ellos y eso había sido porque la química que solía haber entre ellos seguía presente.

Eso era, por lo menos, lo que Nicolas quería creer y, hasta que no tuviera pruebas en contra, lo iba a hacer.

Maldición.

De tanto pensar en hacer el amor con Serina, había tenido una erección.

Debían de estar ya rondando los treinta grados. Había salido de Londres con traje, abrigo de cachemir y bufanda. Cuando había llegado a Sydney, se había empezado a quitar cosas y, al llegar a Port, se percató de que iba a ser un día caluroso, así que se puso pantalones de tela y camisa abierta en el cuello y remangada.

Así, se había subido al 4x4 de alquiler, relativamente descansado y relajado.

Ya no se sentía así.

Nicolas se revolvió incómodo y puso el aire acondicionado al máximo. A ver si el frío le despejaba la mente, dejaba de pensar en Serina y se concentraba en la carretera.

Pronto llegó a Wauchope, el pueblecito más cercano a Rocky Creek, donde él mismo había ido al colegio y donde los habitantes de Rocky Creek iban de compras. No lo vio tan cambiado como Port. El centro, claro, porque cuando salió vio que había crecido mucho en las afueras. Incluso había un centro comercial enorme en la autopista.

Antes, Wauchope vivía de la madera. Talaban los árboles de los bosques de la zona, bajaban la madera en tren y la dejaban en el río para que la corriente la llevara hasta Port. Ya no se hacía así, pero en Timber Town la gente del lugar todavía enseñaba a los turistas aquellos métodos antiguos como atracción.

Nicolas iba pensando en la ensaladera que le había comprado una vez a su madre y se pasó la salida de Rocky Creek, lo que lo hizo maldecir en voz alta. Luego, paró en el arcén, esperó a que pasaran varios coches e hizo un cambio de sentido y pudo tomar la salida de su pueblo natal.

En realidad, Rocky Creek no era su hogar. Él había nacido y se había criado en Sydney, hijo de una breve relación entre su madre, que trabajaba en el guardarropa de la Ópera de Sydney y un director de orquesta sueco casado y con hijos en Suecia, que siempre estaba al acecho de aventuras cuando salía de gira.

Aquel director de orquesta se había fijado en Madeline Dupre, que era una mujer de cuarenta años muy atractiva. No le había ido bien en sus relaciones de pareja y era bastante desconfiada y se mostraba bastante brusca con los hombres. Sin embargo, se había sentido halagada cuando el director sueco había mostrado interés en ella y había compartido cama con él durante su estancia en Sydney diciéndole que estaba tomando la píldora aunque no era cierto.

Unas semanas después, lo había llevado al aeropuerto para despedirlo, muy contenta de que le hubiera salido bien su plan de tener un hijo de un hombre que vivía a miles de kilómetros de distancia y que nunca los molestaría.

En aquel momento poco podía imaginar que criar sola a un hijo, sobre todo a un niño como Nicolas, le iba a resultar tan difícil.

Al quedarse embarazada, dejó el trabajo en la Ópera y se ganó la vida como modista porque podía trabajar en casa y cuidar de su hijo. Cinco años antes, se había comprado una casa baja en el céntrico barrio de Surry Hills. Había entregado una entrada con todos los ahorros de su vida y le habían concedido una hipoteca a veinticinco años.

En aquellos momentos, sabiendo que iba a ser madre, se congratulaba de la decisión de haber comprado una casa.

Pero Sydney resultó ser una ciudad muy dura para una madre soltera. Sus padres habían muerto ya, bastante jóvenes, y su único hermano se había ido a la otra punta del país a buscar empleo y no tenía mucho contacto con él. Además, al dejar el trabajo, había perdido a todas sus amigas y ya no tenía vida social, así que se sentía tremendamente sola.

Lo único que tenía en el mundo era su hijo, que era demasiado para ella.

Cuando Nicolas contaba once años, su madre le hizo un vestido a la hermana de una clienta habitual. Aquella mujer vivía en Rocky Creek, un pueblecito de la costa norte.

–Si en mi pueblo hubiera alguien que cosiera tan bien como usted, nunca le faltaría trabajo –le comentó.

Madeline había pensado muchas veces en irse a vivir al campo, pero nunca había tenido valor. Además, había nacido y vivido siempre en Sydney y sólo conocía la vida de la ciudad. Sin embargo, los problemas que estaba teniendo con Nicolas, que comenzaba a frecuentar a pandilleros, la animaron a plantearse cómo alejarse de aquella vida peligrosa que llevaban en aquel barrio de la periferia.

Como le aseguraron que en Rocky Creek las casas eran mucho más baratas, vendió la de Sydney e hizo las maletas.

Nicolas se enfureció. Era un niño urbanita cien por cien y no quería vivir en el campo, no quería ir a un colegio pequeño. Se quejó insistentemente antes de ir y ya allí... hasta que apareció la señora Johnson y el piano.

Aunque todo el mundo la llamaba señora Johnson, su profesora de piano era una solterona sin hijos que vivía en la casa de al lado. Se ganaba la vida dando clases de piano y decían que había sido concertista aunque no muy famosa. El destino quiso que la habitación donde tenía el piano diera directamente a la habitación de Nicolas, que, evidentemente, oía la música.

No entendía por qué le gustaba tanto, sobre todo, porque sus gustos musicales no habían pasado del rock y del heavy metal, pero, al cumplir doce años, le dijo a su madre que quería aprender a tocar el piano.

A Madeline no le sobraba el dinero, pero se las ingenió para que la señora Johnson le diera clases a su hijo a cambio de hacerle todos los vestidos que quisiera. En cuanto al piano, la profesora le había dicho que podía practicar con el suyo siempre que estuviera libre. Con el tiempo, al comprender que tenía un prodigio entre manos, le dio las llaves de su casa para que Nicolas pudiera practicar cuando ella hubiera salido a jugar al bridge.

Nicolas practicaba siempre que podía, en cuanto tenía un rato libre. No solía hacer los deberes del colegio, pero tocaba el piano de maravilla. A los quince años, aprobó séptimo curso con matrículas de honor. A los diecisiete, aprobó el examen más difícil y prestigioso de música de Australia. Durante el último curso en el colegio, pidió y le concedieron una beca para estudiar en el Conservatorio de Música de Sydney.

La señora Johnson y su madre se habían mostrado muy orgullosas de él, pero a los demás habitantes de Rocky Creek les había dado exactamente igual. ¿Por qué? Porque no era de allí. Nunca le habían considerado oriundo. En el colegio, nunca se había integrado, no jugaba en ningún equipo, no tenía amigos ni novia.

A él sólo le interesaba tocar el piano.

Serina era la única chica con la que había hablado.

Serina de nuevo...

Nicolas tomó aire profundamente y lo dejó salir lentamente. No estaba muy claro quién había seducido a quién aquella primera noche. En una ocasión, Serina le había comentado que siempre le había gustado, desde que él tenía doce años y ella, nueve. También le dijo que se las ingeniaba para dar clase después que él. Así, llegaba un poco antes, se sentaba en el salón de casa de la señora Johnson y lo escuchaba tocar.

Al principio, Nicolas ni se había percatado de su presencia. Luego, habían intercambiado unas palabras y, al final, estaba deseoso de que apareciera para poder hablar con ella.

En una ocasión, la señora Johnson les había enseñado una pieza a cuatro manos y la habían interpretado en las fiestas del pueblo, para gran regocijo de los presentes, que les aplaudieron durante minutos.

Aunque no era tan buena como él, Serina tocaba muy bien. A Nicolas no le sorprendía que su hija también estuviera aprendiendo a tocar. Lo que sí le sorprendía era que su profesora fuera la señora Johnson porque debía de tener cien años.

Por lo menos, debía de superar los ochenta porque ya hacía veinticinco años debía de tener sesenta. O eso le parecía a Nicolas en la época. Claro que, cuando uno es un chaval, todos los que pasan de los cuarenta, le parecen unos viejos.

Ahora el que tenía cuarenta años era él. La vida se le estaba pasando volando.

Al pisar un bache, recordó el mal estado de la carretera, aminoró la marcha y se concentró en conducir. Al llegar a la zona de curvas, aminoró más todavía y llegó a Rocky Creek.

Siempre había sido un pueblo bonito, eso no se podía negar. Además, estaba bien situado, pues se encontraba a diez minutos de la estación de tren de Wauchope y a media hora de Port Macquarie, que tenía playa y aeropuerto.

Sin embargo, a Nicolas se le hacía demasiado pequeño, tanto en tamaño como en mentalidad. En Rocky Creek, todo el mundo lo sabía todo de los demás y él no lo podía soportar. Le encantaba el anonimato de la gran ciudad. Por no hablar de la gran oferta de entretenimiento.

No podía imaginarse viviendo en otro lugar que no fuera Londres o Nueva York.

«Y, entonces, ¿qué hago aquí?», se preguntó. «Serina no sigue enamorada de mí y no se va a ir conmigo. Jamás lo haría. Ella es de aquí y su hija, también. Estoy perdiendo el tiempo».

Era difícil de asimilar, pero era la verdad.

También era verdad que había ido hasta allí, que había alquilado una casa muy lujosa y que quería estar a solas con ella porque quería acostarse con ella de nuevo.

Nicolas se miró la mano izquierda y recordó cómo lo había pasado de mal hasta que había aceptado que no volvería a tocar el piano. Se había sentido desesperado, pero no le había quedado más remedio que aceptarlo porque no podía hacer nada. No le iba a crecer un dedo pulgar nuevo.

Pero lo que sí podía hacer era volver a estar con Serina. Quizás solamente durante unas horas, pero era posible y, mientras existiera esa posibilidad, estaba dispuesto a hacer todo lo que estuviera en su mano para conseguirlo.

La última curva.

Después, la carretera bajaba hacia el pueblo. Nicolas enarcó las cejas al ver las primeras casas. No estaban allí diez años antes. Su asombro siguió en aumento mientras se adentraba en la calle principal del pueblo.

Se quedó perplejo al ver la cantidad de tiendas nuevas que había. Había una tetería, una tienda de antigüedades y un salón de belleza de lo más moderno. También había una cafetería nueva con terraza. Incluso el supermercado, que era la tienda de toda la vida, que llevaba allí desde 1880, había sido reformado y contaba ahora con un departamento aparte de frutas y verduras.

La carnicería y la panadería seguían siendo las mismas, pero todo parecía más nuevo y tenía un brillo de prosperidad. El taller del fondo también se había beneficiado del lavado de cara.

A pesar de todos aquellos cambios, no estaba preparado para el gran cambio: el del aserradero de Ted Brown.

Para empezar, ya no se llamaba así. Ahora había un cartel en el que se leía en letras rojas: *Paisajismo y mobiliario de exterior*. El viejo cobertizo en el que solía estar la destartalada oficina se había convertido en un precioso edificio de ladrillo amarillo. A la derecha del mismo, había montañas de tierra, grava y piedras de diferentes colores. A la izquierda, vio muestras de ladrillos, azulejos y suelos para elegir. En la parte delantera, le esperaba un aparcamiento impecable. Nada que ver con el barrizal de antes. Sobre el edificio amarillo estaba la tienda de maderas, que era el doble que años atrás.

Nicolas sonrió mientras aparcaba. Ya le podía haber dicho algo Serina. Bueno, verlo con sus propios ojos merecía la pena de todas formas. De repente, se le ocurrió que, a lo mejor, no sólo había cambiado Rocky Creek.

¿Y si ella se había convertido en una gorda de pelo corto que llevaba vestidos de poliéster?

—Seguro que no —murmuró Nicolas apagando el coche.

Serina siempre se había cuidado. Nunca había sido una mujer dejada. Era tan perfeccionista como él. No había más que ver lo que había hecho con el negocio de su familia. Seguro que una mujer así seguía cuidándose.

Al salir del coche, comprobó que hacía mucho calor. Ahora que vivía en un clima más frío, se le hacía más difícil soportar aquellas temperaturas. ¿Y cómo lo hacía cuando vivía allí? Porque, además, en aquel entonces, las casas de Rocky Creek no tenían aire acondicionado.

Nicolas negó con la cabeza y se apresuró a entrar en el edificio que, a buen seguro y a juzgar por los equipos que se veían desde la calle, estaba bien refrigerado.

A la chica de recepción se le iluminó el rostro al verlo entrar.

–Debe de ser usted el señor Dupre –comentó muy contenta.

–Sí, así es –contestó Nicolas.

–Hola, yo soy Allie. Serina, ya ha llegado –añadió volviéndose hacia atrás.

Nicolas se acercó al mostrador y siguió la dirección que marcaba la mirada de la chica.

Y allí estaba.

Su Serina.

Estaba sentada tras un macizo escritorio de madera y, cuando se puso en pie, Nicolas sintió que se le paraba el corazón. Mientras la miraba de arriba abajo, se percató de que no había perdido la figura en absoluto. Estaba exactamente igual que en el entierro de su madre: guapa y lozana.

En esta ocasión, sin embargo, no iba de negro. Todo lo contrario. Llevaba un vestido verde con flores muy grandes en la parte baja de la falda. La parte de arriba era de tirantes y escote cuadrado y llevaba un cinturón blanco muy ancho que le hacía cintura de avispa. Al andar, la melena, que le llegaba por los hombros, se movió y formó ondulaciones.

Lo único que había cambiado en ella era su rostro. Ahora tenía el rostro de una mujer, una mujer decidida a que la visita de un viejo amor no le afectara. Así lo demostraba la mirada fría que le dedicó y la mueca casi molesta de sus labios.

–Has llegado antes de lo que te esperaba –comentó.

–Es que no podía más. Estaba deseoso por ver mi pueblo de nuevo. Por cierto, está estupendo. Y tú, también –contestó Nicolas mirándola a la boca, aquella boca que había recorrido cada milímetro de su boca.

Serina apretó los labios todavía un poco más.

–Tú también tienes buen aspecto –dijo en tono serio–. Bueno, voy a por mi bolso y nos vamos. Así, te enseño el colegio y te presento a la gente de mañana.

–Muy bien –contestó Nicolas sin saber cómo encajar la actitud impersonal de Serina–. Cuando terminemos, podemos ir a comer a Port, a la playa –añadió aprovechando que estaban en público–. Y, así, podremos hablar y ponernos al día, que para eso nos vemos, ¿verdad, chicas? –añadió mirando a Allie y a la otra chica que acababa de ver en otra mesa–. ¿A que os las podéis apañar sin la jefa esta tarde?

–Claro que sí –contestaron las dos al unísono.

–Genial –sonrió Nicolas ignorando el gesto de disgusto de Serina–. ¿Y tu bolso? –le dijo.

Serina se quedó mirándolo fijamente, se dio la vuelta, tomó aire y se alejó.

–Por cierto, yo soy Emma –se presentó la otra chica.

Era la más guapa de las dos aunque se veía claramente que no era rubia natural.

–Encantado de conocerte, Emma. Por favor, llamadme Nicolas –les dijo a las dos–. ¿Vais a venir al concurso de mañana?

–¡Pues claro! No nos lo perderíamos por nada del mundo –contestó Emma–. Va a ir todo Rocky Creek y mucha gente de los alrededores. Felicity ha hecho mucha publicidad. Imprimió cientos de carteles en el ordenador y los puso por todas partes con la ayuda de sus amigas.

–Lo que a mí me ha supuesto una pequeña fortuna –intervino Serina al volver–. Vamos.

–Nos vemos mañana por la tarde, Nicolas –se despidió Emma.

–Por supuesto –contestó él.

# Capítulo 6

SERINA apretó los dientes mientras salían, pues tenía mucho trabajo.

–Se me había olvidado el calor que suele hacer por aquí en verano –comentó Nicolas–. Me tendría que haber puesto pantalones cortos.

Aquel comentario hizo que Serina se fijara en su ropa, elegante y cómoda. Nicolas apenas había envejecido en los últimos diez años. No tenía michelines y tan sólo unas cuantas patas de gallo alrededor de los ojos. Era increíble que tuviera casi cuarenta años. Seguía teniendo el mismo tipo que en el entierro de su madre y que cautivaba a las mujeres en los conciertos.

Serina se fijó también, no sin cierto enfado, que seguía llevando el pelo un poco largo, que seguía teniendo unas pestañas larguísimas y los ojos impresionantemente azules.

Ya de adolescente, aquellos ojos hacían que se le acelerara el corazón.

En ese instante, le latía el corazón de igual forma.

Sentirse así en su presencia le molestaba sobremanera. Ya podía haber aprendido con los años a ser más controlada y a tener más sentido común. Ojalá no se le notara.

–¿Para qué? –contestó en tono picajoso–. Seguro que el coche tiene aire acondicionado, ¿no? –añadió señalando el monovolumen.

–Claro –contestó Nicolas.

–Pues vamos –le dijo en tono frío y distante aunque por dentro no se sentía así en absoluto.

Una vez dentro, lo miró de reojo, pero como no se atrevía a mirarlo a los ojos, se fijó en las manos que Nicolas acababa de colocar sobre el volante.

–¡Oh, Dios mío, Nicolas! –exclamó.

–¿Qué pasa? –contestó él alarmado.

–Tu... tu mano.

–Ah –suspiró él levantándola y girándola a un lado y a otro como si hiciera tiempo que no la miraba.

No tenía pulgar. Ni siquiera una falange que lo recordara ya que la amputación había sido total. Además, el reverso de la mano tenía cicatrices por todas partes. Serina se fijó en que también tenía cicatrices en la derecha, pero no tan horribles como las de la izquierda.

–Precioso, ¿verdad? –bromeó enfadado volviendo a colocarla en el volante–. Por desgracia, no hay prótesis de dedos pulgares para concertistas de piano. No quiero ni pensar en que podía tocar diez teclas a la vez, pero así convendrá. La vida de un concertista de piano tiene muchas limitaciones. Desde que lo dejé, me ha ido muy bien.

–Ya lo sé –contestó Serina decidiendo que no debía sentir compasión por él hasta el límite de ponerse tontorrona–. Vi una entrevista que te hicieron en la tele hace un par de años. Se te veía muy bien en tu piso de Nueva York. Parece que te ha ido muy bien económicamente, ¿eh?

Nicolas se rió.

–Le dijo la sartén al cazo –contestó–. Por lo que veo, a ti tampoco te ha ido nada mal, ¿eh? Ya veo de dónde ha heredado tu hija ese empuje.

Serina no supo qué decir y tuvo que hacer un gran esfuerzo para no sentirse culpable. Menos mal que, en ese momento, sonó su móvil. Serina se apresuró a sacarlo del bolso y a contestar.

–¿Sí?

–¿Te ha llamado ya? –le preguntó Felicity con impaciencia.

Serina había olvidado por completo que su hija le había pedido que la llamara en cuanto supiera algo de Nicolas. Felicity había pedido un teléfono móvil al cumplir los diez años y, como Greg la mimaba en exceso, se había salido con la suya.

–Sí –suspiró Serina–. Me ha llamado y ya está aquí. Estamos yendo al colegio. Ahora nos vemos –añadió colgando.

Nicolas sonrió mientras ponía el coche en marcha.

–Tu hija te da trabajo, ¿eh?

–¿Se nota mucho?

–¿El colegio sigue en el mismo sitio? –le preguntó saliendo a la calle principal de nuevo.

–Sí.

–¿Me espera alguna sorpresa más?

–Alguna... –contestó Serina sonriendo.

–¿Por qué no me adelantas algo? No me gustaría quedar como un idiota.

–No veo que hayas quedado como un idiota hasta el momento. De hecho, a mis ayudantes las tenías comiendo de la palma de tu mano.

–Bueno, es que yo siempre he sabido cómo tratar a las mujeres –contestó Nicolas en tono seductor.

Serina se puso nerviosa y giró la cabeza para mirar por la ventana.

Nicolas se había dado cuenta, a pesar del esfuerzo que Serina estaba haciendo, que lo deseaba desde que lo había visto. De no haber llegado ya al colegio, habría parado el coche y la habría besado.

–Bueno, bueno, bueno, esto también ha cambiado bastante –comentó.

–Sí, ha crecido, ¿eh? Ahora disponemos de un edificio nuevo en el que están las oficinas y el aula magna, con capacidad para quinientas personas. El concurso será ahí.

–¿Con aire acondicionado?

–Pues claro –contestó Serina–. Fue de las primeras cosas que hicimos con el dinero de Gus.

–¿Gus? ¿Te refieres a Gus, el mendigo?

–Sí. Resultó que era millonario y, cuando murió en 2005, dejó todo su dinero a la Asociación de Padres y Ciudadanos de Rocky Creek. Invertimos el capital y con los intereses hemos ido mejorando las instalaciones. Aire acondicionado, sala de ordenadores, campos de fútbol y ahora estamos ahorrando para la piscina.

–¿Estás metida en esa asociación?

–Claro –contestó Serina muy orgullosa–. Soy la tesorera.

Nicolas intentó que aquella información no le pesara. Era evidente el altísimo grado de implicación de Serina en la comunidad. Le iba a resultar imposible que se fuera de allí con él.

«Pero eso ya lo sabía», pensó.

«Ése es el motivo por el que me rechazó dos veces. Prefiere a su familia y a Rocky Creek antes que a mí».

Muy bien. Pues aunque no pudiera llevársela con él cuando se fuera, no estaba dispuesto a abandonar Australia sin haber vuelto a compartir cama con ella porque la química que había entre ellos era única.

El placer sexual que se habían dado el uno al otro había sido tan maravilloso y especial que Nicolas jamás lo había olvidado y estaba seguro de que ella, tampoco. Sí, fingía que lo había olvidado, pero ya se encargaría él de recordárselo durante la comida.

En cuanto Nicolas paró el coche frente al colegio, Serina se colgó el bolso del hombro y se bajó a toda velocidad. Era evidente que no quería estar a solas con él en un lugar cerrado.

–Puedes dejar el bolso en el coche. No creo que tardemos mucho y, luego, nos vamos a comer –le recordó Nicolas bajándose también.

Serina lo miró enfadada.

–No he dicho en ningún momento que vaya a comer contigo –le dijo.

Aquel comentario no le hizo ninguna gracia.

–No quedaría muy bien que no lo hicieras. A Emma y a Allie les iba a extrañar. Por no hablar de Felicity, claro. ¿De qué tienes miedo, Serina? ¿Temes que te posea encima de la mesa del restaurante?

–No digas tonterías –le espetó Serina–. Sé perfectamente que ya no bebes los vientos por mí –añadió avanzando hacia el colegio–. Por aquí.

Nicolas la siguió enfadado.

–Esto está muy bonito –comentó al pasar por el nuevo edificio y los campos de fútbol.

–También lo hemos hecho con el dinero de Gus.

–Vaya con Gus.

–¡No te pongas en plan sarcástico!

–No me pongo en plan sarcástico –mintió Nicolas.

–Mira, sé perfectamente lo que piensas de Rocky Creek. Se te nota en la cara –le espetó Serina girándose hacia él–. Por mucho que el pueblo haya progresado, sigues creyendo que aquí no hay nada para ti... y tienes razón porque no tenemos ópera ni auditorios profesionales ni mansiones de multimillonarios que organizan cenas todos los días. No tenemos tiendas caras, galerías de arte ni museos ni autopistas meganuevas en las que ir a doscientos por hora con tu supercoche de doscientos mil dólares. ¡Sin embargo, tenemos mucha gente que se quiere, que es leal a los suyos, que se ayuda cuando las cosas vienen mal dadas, que no piensan siempre primero en sí mismas, que no son egoístas!

Nicolas se quedó mirándola estupefacto.

Ella también estaba sorprendida de lo que había dicho.

–Lo siento –se disculpó–. Me he pasado y lo siento, pero la verdad es que no entiendo por qué has accedido a venir hasta aquí por un estúpido concurso.

Nicolas la miró a los ojos.

Le hubiera gustado decirle la verdad.

«He vuelto por ti, porque te sigo deseando, Serina, porque quiero volver a hacer el amor contigo, he vuelto porque, ahora que sé que ya no estás casada, me moría por verte».

Pero no era el momento oportuno.

–He vuelto por la carta que me envió tu hija –contestó, lo que no era del todo incierto.

En aquel momento, Felicity llegó corriendo hasta donde ellos estaban.

Nicolas supo que era ella porque era como ver a Serina a su edad.

–¡Has venido! –exclamó a gritos–. ¡Oh, gracias, gracias, gracias! –añadió abalanzándose literalmente sobre él y abrazándolo con fuerza de la cintura–. Lo siento. A veces, me dejo llevar... ¿verdad, mamá?

# Capítulo 7

EN AQUEL momento, a Serina le entraron ganas de salir corriendo. Ya había sido suficiente con haber vuelto a ver a Nicolas. Por eso, precisamente, se había puesto como una fiera con él, porque necesitaba una válvula de escape para la tensión que se le había formado dentro.

Sabía que el día iba a ser difícil. Y no se había equivocado, pero no estaba preparada para lo que acababa de ver.

Ver a su hija abrazar a su padre biológico le había producido una mezcla de sentimientos que amenazaban con desbordarla. Por una parte, sentía envidia de Felicity porque a ella también le encantaría abrazar a Nicolas con aquella espontaneidad. Por otra parte, la culpa se había apoderado de ella. No debería haber hecho pasar a Felicity por hija de Greg, pero se había equivocado, había mentido y ahora estaba atrapada y asfixiada por su secreto.

Nicolas se había mostrado encantado ante el abrazo de Felicity. De hecho, le había sonreído con cariño. Le seguía sonriendo en aquellos momentos.

El pensar que Nicolas podría haber sido un buen padre para la niña la zarandeó de arriba abajo.

Ya era demasiado tarde.

Era demasiado tarde desde que se había casado con Greg.

Ahora no le quedaba más remedio que mantener el

secreto porque Felicity creía que Greg Harmon era su padre, no Nicolas. Quería a Greg, quería a sus padres, eran sus abuelitos queridos. No, el secreto tenía que seguir como estaba.

Tenía que recuperar la compostura y, como es increíble lo que una madre puede hacer cuando ve peligrar la felicidad de su retoño, consiguió sonreír y hablar en un tono de voz prácticamente normal.

–No hay nada de malo en ser espontánea, Felicity –le dijo a su hija–, pero ten cuidado, no conviene que te muestres tan cariñosa con el señor Dupre. No vaya a ser que, si ganas mañana, la gente se crea que es favoritismo.

–Ya había pensado en ello y he decidido no participar –contestó la chiquilla.

–Me parece muy bien –contestó Serina aliviada.

–Vaya, pues yo quería oírte tocar –protestó Nicolas.

–Tranquilo, me vas a oír porque voy a tocar al final del concurso –contestó Felicity entusiasmada–. Voy a tocar algo muy especial. No te voy a decir mucho. Sólo que lo que he elegido será un tributo a cierto concertista de piano que ya no puede tocar.

A Serina le entraron ganas de gritar. Así que ahora resultaba que su hija iba a tocar para él y, además, eligiendo una de las piezas favoritas de Nicolas.

¡Si ese día iba a resultar difícil, el día siguiente seguramente sería una pesadilla!

–Vamos, Nicolas –dijo Felicity–. Te voy a presentar a la gente.

–¡Felicity! –la regañó Serina–. No llames Nicolas al señor Dupre.

–¿Por qué no? A mí me gusta –intervino el aludido.

–Ya, pero yo tengo que educar a mi hija para que se dirija a los mayores con respeto –protestó Serina.

–Muy bien. Pues, entonces, que llame señora John-

son a la señora Johnson –contestó Nicolas visiblemente
irritado–. Yo todavía no he cumplido los cuarenta y no
me siento una persona mayor. Si no te importa, prefiero
que me llame Nicolas. Venga, Felicity, vamos –añadió
tomando a la niña de la mano.

Felicity sonrió encantada y a Serina le entraron ganas de estrangularlos a los dos. Tal vez a modo de me-
canismo de supervivencia, su tensión se había convertido en enfado. Aunque, al principio, no le había hecho
ninguna gracia la idea de comer con él, ahora estaba deseando hacerlo para tener ocasión de soltarle todo lo
que se había guardado durante aquellos años. Lo que
le había dicho hacía un rato había sido sólo la punta del
iceberg.

Para empezar, por qué, si la quería tanto como él decía, no había vuelto a buscarla. ¿Por qué no le había escrito ni una sola carta? Y, sobre todo, ¿por qué no había
ido a buscarla después de la noche de pasión de Sydney? Cualquiera que hubiera estado tan enamorado
como él dijo estar aquella noche, habría ignorado la
carta y habría ido a buscarla.

¡Con razón se había casado con Greg!

Serina apretó los dientes y siguió a su hija y a su padre al interior del colegio, donde observó furiosa cómo
Nicolas se ganaba a todo el mundo.

Había bastante gente. Los profesores, algunas madres que no trabajaban, algunos padres que habían tomado el día libre para ir a ayudar a colocar las sillas y
los niños.

Ya lo había visto encandilar a Emma y a Allie y
ahora estaba haciendo exactamente lo mismo con los
demás.

Desde luego, durante aquellos años había aprendido
a ser un encanto.

–Es guapísimo, ¿verdad, mamá? –murmuró Felicity

cuando Nicolas no la oía porque estaba hablando con el director–. ¿Tendrá novia en Nueva York?

–Supongo que sí –contestó Serina.

Ella también se lo había preguntado y estaba sorprendida ante el dolor que le producía la posibilidad de que así fuera.

–Seguramente, sale con la violinista japonesa –continuó elucubrando Felicity–. Es muy guapa. Se lo voy a preguntar.

–¡Ni se te ocurra! ¡No seas maleducada!

–Ah, bueno... pues pregúntaselo tú cuando estéis a solas comiendo.

–¿Quién te ha dicho que voy a comer con él? –le preguntó su madre poniendo los ojos en blanco.

–Nicolas. Me lo acaba de decir.

–Ya –suspiró Serina–. Podría preguntárselo, sí, pero ¿para qué lo quieres saber?

–Bueno... si no tiene novia... a lo mejor tú y él... podríais volver... fuisteis novios, ¿no?

–¡Por todos los santos, Felicity! ¿Cuántas veces te voy a tener que decir que sólo salimos unas cuantas veces?

–Eso no es lo que me ha contado la señora Johnson. Según ella, fuisteis novios de verdad. Y la abuela me ha dicho que estuviste llorando días enteros cuando se fue a estudiar a Londres.

–Hija, no deberías hacer caso de todos los cotilleos que oyes. Nicolas y yo sólo fuimos buenos amigos. Jamás fuimos novios. En aquella época, lloraba mucho porque a tu abuelo le había dado un derrame cerebral, no porque Nicolas se hubiera ido a Londres. Como ves, la información que te han dado es falsa, así que deja de hacer como mis dos ayudantes, que no paran de intentar emparejarme con cualquiera que se acerca. Quería mucho a tu padre y no tengo ninguna intención de salir con nadie ni de volverme a casar. Desde luego, jamás saldría ni me casaría con Nicolas Dupre. ¿Me he explicado con claridad?

Su hija agachó la cabeza apesadumbrada. Al hacerlo, Serina vio que Nicolas la estaba mirando con su intensa mirada azul.

–Ya he terminado –anunció tan contento.

Serina rezó para que no hubiera oído lo último que había dicho, pero mucho se temía que sí lo había oído.

–El señor Tarleton me ha dicho que esté aquí mañana a la una y media. ¿Está bien así, Felicity?

–Sí, el concurso empieza a las dos, así que está bien. Luego habrá una fiesta. Te quedarás, ¿verdad?

–Claro. Bueno, ahora tu madre y yo nos vamos a comer y a pasar la tarde en Port Macquarie para ponernos al día.

Serina lo miró y se obligó a sonreír.

–Volveré sobre las cuatro –le prometió a su hija–. ¿Habrás terminado para entonces?

–Sí, seguro que sí. Quiero quedarme un rato más a terminar de colocar todo y, luego, voy a practicar porque una de las piezas que voy a interpretar es realmente difícil.

–Tengo mucha curiosidad por ver qué has preparado –comentó Nicolas.

–Sorpresa –contestó Felicity–. No se lo digas, ¿eh, mamá?

–¿Cómo se lo voy a decir si no lo sé ni yo? –contestó Serina.

–Bueno, me voy –se despidió la niña corriendo a reunirse con sus amigas.

Nicolas tomó a Serina del codo y avanzaron hacia la salida.

–Tengo la sensación de que sabes perfectamente lo que va a interpretar y, por alguna razón, no te hace ninguna gracia. Como tampoco te hace ninguna gracia que haya vuelto.

–¿Y por qué me iba a tener que hacer gracia que volvieras? –le espetó Serina cuando estuvieron a solas fuera.

–Puede que tengas razón, pero tampoco es para que te pongas así –contestó Nicolas–. Ya no estás casada y, por lo que acabo de oír, tampoco tienes novio.

–Para que lo sepas, si por mí hubiera sido, no iría a comer contigo, pero te las has ingeniado para que no me pudiera negar sin quedar fatal. En cuanto a lo de ponernos al día... espero que no se te haya pasado por la cabeza que entre nosotros va a pasar algo porque no dejaría que me tocaras aunque fueras el último hombre sobre la faz de la Tierra.

Nicolas sonrió.

–Te lo recordaré esta noche. Aunque digas que no quieres salir conmigo, ni muchísimo menos casarte conmigo, estoy seguro de que quieres acostarte conmigo. Estoy completamente seguro.

Serina abrió la boca para protestar, pero se dio cuenta de que un par de madres los estaban observando desde la ventana y decidió que no era el momento ni el lugar de seguir aquella conversación.

–Anda, vamos –dijo Nicolas tomándola del codo de nuevo para dirigirse al coche.

# Capítulo 8

NICOLAS se dio cuenta de que se había pasado de la raya, de que no se había comportado como un caballero.

Bueno, nunca lo había sido y nunca lo sería. En aquellos años, se había refinado. Ahora, vestía y hablaba como todo un caballero, pero le había hablado a Serina de manera zafia y había dado al traste con cualquier posibilidad de entablar una seducción romántica.

Claro que lo que le había dicho era cierto.

Serina se quería acostar con él.

Lo había leído en su cuerpo.

Serina no habló hasta que llegaron al coche. Era evidente que estaba enfadada. Cuando llegaron al monovolumen, se zafó de Nicolas, se montó y se puso el cinturón con gestos bruscos. Nicolas se puso al volante, pero ella ni lo miró. Dejó el bolso en el suelo, se cruzó de brazos y se dedicó a mirar de frente.

–Ya lo sabía yo –comentó cuando habían dejado atrás Rocky Creek–. No has vuelto por generosidad ni por amabilidad. ¡Has vuelto por venganza!

Aquel comentario sorprendió tanto a Nicolas que le hizo apartar la mirada de la carretera en un mal momento, pues se aproximaba a una curva peligrosa. Aquello le hizo perder el control del coche, que derrapó de atrás.

–Voy a buscar un sitio para parar –anunció enfadado tras conseguir enderezarlo.

Serina no protestó.

–A ver –dijo Nicolas parando y apagando el motor–. ¿Qué es esa tontería de la venganza?

Serina lo miró a los ojos y no vio más que confusión, lo que la confundió a ella.

–¿Venganza por qué? –insistió Nicolas.

–Por... por lo de aquella noche –contestó Serina.

–Ah... te sigues sintiendo culpable, ¿verdad?

–¡Pues claro! Lo que hice... no estuvo bien.

–¿Estamos hablando de lo que me hiciste a mí o a tu marido?

–En aquel momento, Greg todavía no era mi marido –se indignó Serina.

–Sabes perfectamente a lo que me refiero. Aquella noche, nos engañaste a tu prometido y a mí.

Serina sintió que la cabeza le daba vueltas.

–No fue mi intención hacer ninguna de las dos cosas –musitó–. Es que... no pude controlarme –añadió con lágrimas en los ojos–. Todo fue un accidente.

Nicolas la miró con escepticismo.

–Ah, sí, lo típico... pasaba por aquí, por tu concierto...

–Bueno, sí... más o menos. Había ido a Sydney a comprarme el vestido de novia y te vi en una entrevista en la televisión en la que decían que ibas a tocar en la Ópera y me dije: «¿Qué hay de malo en que vaya a oírlo tocar? Sólo quiero volver a verlo una vez» –se lamentó–. Pero, cuando te estaba oyendo, supe que quería más... –añadió mientras las lágrimas le corrían por las mejillas–. No pude evitarlo, Nicolas. Soy una mala persona. Lo siento. Lo siento mucho, de verdad.

Nicolas le limpió las lágrimas.

–No voy a decir ahora que no me hicieras daño porque sería mentira. Sufrí muchísimo, pero entiendo que yo también te hice sufrir a ti. Debería haber vuelto.

–¿Por qué no lo hiciste? –se lamentó Serina.

–Por orgullo –confesó Nicolas–. Me habías dicho que no querías saber nada de mí.

Serina se rió con amargura.

–¿Y te lo creíste?

–Sí, Serina, me lo creí –contestó Nicolas con tristeza–. Pero eso es agua pasada, ¿no? No podemos dar marcha atrás, pero podemos vivir el presente, lo que tenemos ahora y quiero ser sincero. Lo que te dije esta mañana de que he venido por la carta de tu hija es cierto, pero no completamente. Podría haberle mandado un cheque y ya está. He venido porque tu hija me dijo que su padre, tu marido, había muerto. He venido por ti, Serina. Quiero que quede claro.

Serina tragó saliva.

Sentía pánico.

–Es demasiado tarde –murmuró.

–¿Por qué? Nunca será demasiado tarde mientras sigamos con vida.

–No lo entiendes.

–¿Me estás diciendo que no me deseas?

Serina se estremeció de pies a cabeza.

–Me tienes que dar otra oportunidad, Serina –proclamó Nicolas.

–No pienso irme de Rocky Creek –contestó Serina muy seria–. Jamás. Te lo digo desde ya.

–No te estoy pidiendo que lo hagas. Lo único que te estoy pidiendo es que pases la tarde conmigo en Port Macquarie.

–¡No puedo!

–Claro que puedes –sonrió Nicolas de manera sensual–. Vamos a comer allí.

–Pero lo que me estás proponiendo no tiene nada que ver con la comida...

–No.

–Qué caradura eres. Siempre fuiste un caradura.

–Venga ya, jamás te hice nada que tú no quisieras, que no me pidieras, que no me suplicaras...

–¡Yo nunca te supliqué nada!

–Pues ya va siendo hora. ¿Quieres que te haga suplicar esta tarde, amor mío?

Serina era consciente de que debería luchar contra el deseo que se estaba apoderando de ella porque si cedía a lo que Nicolas le estaba proponiendo...

Se estremeció al pensar en las consecuencias. Tenía que pensar en su vida y en su felicidad y en la vida y en la felicidad de su hija.

–¿Cómo te atreves a mezclar «amor» y «suplicar» en la misma frase? –protestó–. Tú no sabes lo que es el amor. Nunca me quisiste de verdad. Siempre preferiste el piano. Para ti, yo no era más que un instrumento al que había que afinar. Me hacías el amor para practicar exactamente igual que solías practicar escalas en el piano hasta que conseguiste que tu técnica fuera perfecta, pero nunca te importé lo suficiente como para ser prioritaria en tu vida. Siempre elegiste tu carrera. Cuando nuestra relación se complicó, elegiste tu carrera y te fuiste. Cuando no pudiste seguir tocando, hiciste lo mismo. Moviste ficha y para adelante. Y te fue muy bien, por cierto. Si de verdad hubieras amado el piano, el accidente te habría matado, pero no fue así, ¿verdad? Te levantaste de nuevo, resurgiste de tus cenizas como un Ave Fénix, lo que es encomiable por un lado, claro que sí, pero también demuestra que eres demasiado duro y yo no puedo amar a alguien así.

A Serina se le encogió el estómago ante lo último que había dicho porque no era cierto. Por supuesto que lo amaba. Siempre le había amado y siempre lo amaría, pero lo demás era verdad. No era el tipo de hombre en el que resultaba fácil confiar para que la hiciera feliz a una. Serina tenía treinta y seis años y sabía juzgar a las personas.

Nicolas era egoísta y sólo pensaba en sí mismo. Quizás no hubiera vuelto en busca de venganza, pero había vuelto para ganar. Ella lo había rechazado dos veces y estaba enfadado por eso. Era evidente que un hombre como él no podía soportar que le dijeran que no.

—Entonces, no me vas a dar otra oportunidad —comentó apenado.

—¿Para qué? —contestó Serina—. Vives en Nueva York o en Londres o donde sea. Tienes tu vida allí y yo la mía aquí, en Rocky Creek, con mi hija y mi familia. Ya no tenemos nada en común, ni siquiera el piano.

—Claro que tenemos cosas en común —arguyó Nicolas—. Por ejemplo, esto —añadió tomándole el rostro entre las manos y besándola.

Si hubiera podido, Serina habría gritado, pero le era imposible porque tenía los labios de Nicolas pegados a los suyos y su lengua pugnando por entrar en boca, así que lo único que pudo hacer fue emitir un gemido que sonó más a rendición que a otra cosa.

Aquel beso brutal y potente la tomó por sorpresa, pero supo desde el principio que no tenía nada que hacer, que estaba perdida, que no podía resistirse. Su cuerpo estaba reaccionando por sí solo como siempre había hecho con Nicolas.

Cuando se apartó, no se molestó en protestar y, de hecho, lo miró a los ojos y se rindió a la evidencia.

—Muy bien, Nicolas. Tú ganas. Me voy a acostar contigo una vez más. Y se acabó —añadió al ver el aire triunfal de Nicolas–. Luego, todo habrá terminado entre nosotros.

–¿Estás segura de lo que vas a hacer, Serina? –le preguntó Nicolas acariciándole la mejilla.

–Muy segura –mintió Serina.

# Capítulo 9

NICOLAS estaba sorprendido ante la reacción de Serina. Se mantenía firme y seria, no tenía nada que ver con la chica que él recordaba, que se derretía entre sus brazos y accedía a todo lo que él quería.

Claro que la noche de la ópera se había derretido entre sus brazos, pero, en cuanto había obtenido lo que quería, se había recompuesto y se había largado.

–Entonces, lo único que quieres de mí es sexo –comentó.

Serina no apartó la mirada.

–Es lo único para lo que sirves –contestó para hacerle daño.

–¿Te crees que vas a ganar algo insultándome? No he venido desde tan lejos para irme sin lo que quiero. Esta vez, vas a suplicar.

–No te pases de listo porque esta vez el que vas a suplicar vas a ser tú –contestó Serina.

–¿Me estás amenazando? –sonrió Nicolas acariciándole el cuello.

–Te estoy advirtiendo –contestó Serina.

Nicolas se dio cuenta de que aquella Serina, la adulta, lo excitaba todavía más de lo que lo había excitado la adolescente, pues se había convertido en una mujer experimentada, segura de sí misma e interesante.

Mientras Nicolas conducía a toda velocidad hacia su destino, Serina se quedó mirando por la ventana.

Buena la había hecho.

Además de acceder a acostarse con él, lo había provocado y desafiado. Ya de adolescente no le gustaba nada que lo desafiaran, no podía soportar que alguien le dijera que no iba a poder hacer algo.

Demasiado tarde.

Ya no tenía más remedio que seguir adelante.

En cualquier caso, eso era exactamente lo que quería: acostarse con él.

Serina se alegró inmensamente de haberse depilado y pintado las uñas la noche anterior y de haberse puesto un conjunto de lencería nueva aquella mañana.

Se sentía increíblemente caliente.

El cuarto de hora que tardaron en llegar a Port Macquarie se hizo eterno. Una vez allí, no tuvo más remedio que reducir la marcha porque había tráfico.

—No voy a parar en ningún sitio para comer —gruñó—. No quiero perder ni un solo segundo del poco tiempo que vamos a pasar juntos.

Serina no contestó. ¿Qué le iba a decir, que a ella le servía con comérselo a él, que no tenía hambre de nada más en aquellos momentos de su vida? Mejor permanecer callada.

—Tengo vino, fruta y bombones, así que tampoco nos vamos a morir de hambre —añadió Nicolas—. Supongo que seguirás siendo golosa.

Serina no contestó. Ni siquiera lo miró.

—No hace falta que te pongas así. Tú estás tan excitada como yo y te apetece esto tanto como a mí.

Serina se giró bruscamente, pero, al ver la cara de Nicolas, no dijo nada. Aquél era el adolescente apasionado y sincero del que se había enamorado. De repente, se le antojó una estupidez estropear aquella oportunidad. Si iba a hacer lo que iba a hacer, mejor hacerlo bien.

–No lo niego –admitió–. ¿De qué me iba a servir negarlo? Pronto te darías cuenta de que no es cierto. Pero quiero dejar una cosa clara: esta tarde será la última vez –añadió–. Quiero que mañana, en cuanto haya terminado el concurso, te vayas y no vuelvas nunca.

–¿Y si no quiero? Tengo el apartamento alquilado para una semana –contestó Nicolas señalando el edificio ante el que acababa de parar.

–Seguro que te devuelven el dinero –contestó Serina bajándose del coche.

–No tienes derecho a pedirme eso –protestó Nicolas.

–Tienes razón, no lo tengo, pero, si lo haces, si te vas, yo haré lo que tú quieras esta tarde. De lo contrario, ya me puedes ir llevando a casa –contestó Serina.

Nicolas le podría haber dicho que iba de farol porque estaba seguro de que así era, pero ¿para qué? Lo que quería saber ya le había quedado claro.

Serina ya no lo quería.

Quizás, nunca lo hubiera querido.

Aquella noche que habían compartido trece años atrás no había sido más que sexo. Exactamente igual que la tarde que tenían ante sí.

Era evidente que Serina lo deseaba. Sí, lo deseaba con ardor, eso estaba claro. Aquello explicaba, por supuesto, que quisiera perderlo de vista cuanto antes.

Evidentemente, no se fiaba de sí misma.

Nicolas sospechaba que podría convencerla para que se fuera con él si insistiera lo suficiente, pero, aunque Serina creyera lo contrario, no era tan egoísta. Sabía que ella tenía allí su vida y no quería ser cruel.

Eso quería decir que lo único que tenían era aquella tarde.

Cuatro horas.

Iba a ser la última vez que iban a estar juntos.

No era suficiente.

–Llama a Felicity y dile que se vaya a casa de una amiguita. Así, tendremos seis horas.

–No puedo hacer eso. Levantaríamos rumores.

–Va a haber rumores de todas maneras. Si me voy después del concurso, se olvidarán pronto, claro.

–¿Cómo si te vas?

–Sí, depende de que sean seis horas o cuatro. Si son seis, me voy después del concierto. Si son seis y si haces, como has prometido, todo lo que yo quiera, por supuesto.

–¡Eso es chantaje! –protestó Serina.

–No, cariño, se llama negociar –contestó Nicolas riéndose–. ¿Qué me dices?

–Bueno... sí, llamaré a Felicity, pero no ahora. A las cuatro.

–Muy bien –dijo Nicolas sonriendo satisfecho y abriendo la puerta del garaje con el mando.

«¿Pero qué he hecho?», se preguntó Serina al ver sonreír a Nicolas.

«Le he vendido mi alma al diablo», se horrorizó. «No, sólo mi cuerpo. Mi alma sigue siendo mía», se tranquilizó a sí misma.

Sin embargo, no pudo evitar apretar los puños.

Nicolas condujo el coche hasta una plaza de aparcamiento vacía.

Serina se estremeció de pies a cabeza cuando se quedaron solos y a oscuras en el garaje.

–Tranquila –le dijo Nicolas con sorprendente dulzura–. No te voy a hacer daño, cariño –añadió tomándole las manos y besándole los nudillos–. Lo único que quiero es hacerte el amor. No como la noche de la ópera porque aquello fue rápido y demasiado animal. Quiero hacerte el amor con tiempo, sin prisas, como solíamos hacer al principio. ¿Te acuerdas?

¿Cómo lo iba a olvidar?

–Siempre hacías lo que te pedía. No te negabas a nada. Quiero que seas así esta tarde. Si haces todo lo que quiera, me iré, tal y como quieres.

Serina gimió cuando Nicolas tomó uno de sus dedos, se lo metió en la boca y comenzó a succionar. Al instante, se estremeció, pues comenzó a recordar todo lo que habían hecho en el pasado. Al final de su relación, no había nada, absolutamente nada, que fuera tabú entre ellos.

–Tienes preservativos, ¿verdad? –le preguntó.

–Por supuesto –contestó Nicolas.

Por supuesto. Nicolas siempre había sido muy previsor. Las dos únicas veces que habían hecho el amor sin preservativo había sido la primera y la de la Sydney y en aquella ocasión había sido culpa de Serina.

Nicolas se sacó el dedo de Serina de la boca al oír a un grupo de personas que cruzaba el aparcamiento.

–Creo que ya va siendo hora de que subamos –declaró.

# Capítulo 10

SERINA agradeció no encontrarse con nadie en el trayecto hasta el ascensor. No había nadie dentro tampoco, así que subieron solos a casa de Nicolas. No quería que nadie la viera así aunque desde fuera no se notaba nada, tal vez solamente los ojos algo turbios y los pezones endurecidos. Nadie podría haber adivinado los lujuriosos pensamientos que cruzaban su mente ni haber presentido la humedad entre sus muslos.

Nicolas parecía haber recuperado la compostura por completo. Claro que no la había vuelto a tocar ni a mirar. A lo mejor no estaba tan contento como quería hacer ver.

Cuando salieron del ascensor, la agarró del codo y la llevó por un pasillo de moqueta gris hasta una puerta con el número 73 en plateado. Una vez allí, metió una tarjeta, se encendió una lucecita verde y la puerta se abrió.

Nada más entrar, Serina se dio cuenta de que aquel piso era de lujo. El salón era grande y espacioso. Los techos y las paredes estaban pintados en blanco roto y todos los complementos eran azules. Los muebles, carísimos.

–Muy bonito –comentó dejando el bolso en un sofá y acercándose a los ventanales del balcón–. Está cerrado –añadió.

Nicolas se acercó y le tomó el rostro entre las manos.

–Oh –suspiró Serina.

–Si te crees que te he traído para enseñarte las vistas que has visto un millón de veces, estás muy equivocada. No hemos venido a hacer turismo. Ahora que ha quedado esto claro... llevas un vestido muy bonito, pero vas a estar mejor sin él –añadió tomándola de la cintura.

Serina estuvo a punto de protestar, pero decidió dejarlo hacer. Eso era lo que habían acordado y llevaba años soñando con aquel momento, con poder volver a la adolescencia, cuando estaban perdidamente enamorados.

Porque lo habían estado.

Todo lo que habían compartido había sido guiado por el amor, no sólo por el deseo. Nicolas nunca la había hecho sentirse utilizada. Aunque era dominante, también era tierno y cariñoso. Siempre le decía lo mucho que la quería y lo bella que la encontraba.

Serina sintió que el corazón le daba un vuelco al recordar aquello. ¿La seguiría encontrando guapa? Ya no era tan joven ni sus carnes estaban tan prietas después de haber parido. Se le había caído un poco el pecho y su tripa, aunque no tenía cicatrices, se había redondeado.

–Nicolas.

–Dime –contestó él un tanto impaciente.

–Dime que me quieres.

–¿Cómo?

–Dilo. No hace falta que sea verdad, pero quiero oírtelo decir.

Nicolas se quedó mirándola fijamente. Las mujeres eran imposibles de entender. No quería su amor, pero quería que le dijera que la quería.

–Has dicho que querías volver a hacerme el amor como hace años –comentó Serina antes de que a Nicolas le diera tiempo de decir nada–. En aquel entonces, no parabas de decirme lo mucho que me querías. También me decías lo bella que me encontrabas. Gracias a esas palabras, todo lo que hacíamos me parecía... correcto.

Aquello tomó a Nicolas completamente por sorpresa y se le formó un nudo en la garganta.

–Crees que soy tonta, ¿verdad? –le preguntó Serina con voz trémula.

Nicolas tuvo que carraspear para poder contestar y lo hizo de manera brusca.

–Eres una mujer y las mujeres y los hombres somos diferentes. Nosotros no necesitamos mezclar el amor con el sexo. No hay nada de malo en que un hombre y una mujer compartan y gocen de sus cuerpos. Nosotros siempre supimos disfrutar el uno del otro, ¿verdad? Seguramente, mucho más que otra gente. Te confieso que jamás he olvidado lo nuestro. Es inolvidable. Por eso, precisamente, viniste a buscarme aquella noche a la ópera y por eso estás ahora aquí. Por eso estoy yo también aquí. La química que hay entre nosotros sigue viva y siempre lo estará, pero somos adultos y no hace falta que digamos cosas que no sentimos –añadió desabrochándole el cinturón.

Dicho aquello, dejó de hablar y se puso a desnudarla a toda velocidad, lo que lo alivió sobremanera, pues en realidad no sabía a ciencia cierta lo que sentía por Serina.

Por supuesto, la deseaba, pero ¿eso era amor?

Tal vez sí y tal vez no.

Aunque lo fuera, no tenía sentido quererla porque ella no lo quería. Nicolas había oído lo que Serina le había dicho a su hija.

Serina amaba a Greg Harmon.

Lo único que quería con él era sexo, aquello básico y primitivo. Quería justificar todo eso con palabras románticas, pero la verdad era que lo único que quería era sexo.

Nicolas apretó los dientes.

Así que Serina quería sexo, ¿eh? ¡Pues él se lo iba a dar! Pero la iba a hacer suplicar e iba a conseguir que le dijera que lo quería.

A lo mejor Serina tenía razón y había vuelto para vengarse...

# Capítulo 11

SERINA no recordaba que Nicolas la hubiera desnudado nunca tan rápido. En el pasado, le gustaba desnudarla muy lentamente. Serina siempre había supuesto que eso era porque su primer encuentro había sido apresurado, Nicolas se había sentido avergonzado por ello y, a partir de entonces, siempre se había conducido con lentitud y cuidado. A veces, se pasaba una hora jugando con las zonas erógenas de su cuerpo, sobre todo con las manos, pero también con la boca. Conseguía que Serina tuviera varios orgasmos antes de penetrarla, le encantaba mirarla a los ojos, le encantaba sentirla bien húmeda y caliente antes de introducirse en su cuerpo.

A Nicolas le gustaba hablarle mientras iba haciendo todo aquello y eso excitaba a Serina sobremanera. Incluso aquella noche de hacía trece años en la que se habían entregado el uno al otro como animales, le había dicho lo mucho que la había echado de menos, lo mucho que la quería.

Sin embargo, hoy la estaba desnudando en silencio y a toda velocidad. En pocos segundos, Serina se encontró desnuda y nerviosa delante de él.

Nicolas dio un paso atrás y la miró. Serina percibió enfado en sus ojos, lo que la disgustó.

–¿Qué te pasa? –le preguntó.

–Nada –contestó sacándose la camisa del pantalón. De repente, Serina lo entendió.

Nicolas había ido hasta allí con la esperanza de que, por fin, se fuera con él. Era evidente que una tarde no era suficiente para él.

«Oh, Nicolas, Nicolas, ¿por qué no has venido a buscarme antes? ¿Por qué has esperado tanto? Ahora es demasiado tarde», se lamentó.

Pero lo importante era que, por lo menos, había ido. Ahora podría vivir tranquila sabiendo lo mucho que significaba para él, tanto como él para ella.

–Yo te ayudo –le dijo desabrochándole la camisa–. Siempre quise desnudarte, pero tú nunca me dejabas –añadió al ver la mirada de asombro de Nicolas–. A lo mejor resulta que te gusta.

Dicho aquello, comenzó a desabrocharle uno a uno los botones, muy lentamente, satisfecha al oírlo jadear.

Era excitante llevar las riendas, tener el control. Era la primera que lo hacía, pues ni Greg ni Nicolas le habían dejado. Su marido había sido un hombre muy convencional en la cama, un hombre de necesidades sexuales muy sencillas que esperaba que su mujer se comportara como una esposa normal y corriente.

Como, al principio, Serina se había mostrado renuente a acostarse con él, Greg había asumido que el sexo no era una prioridad para ella y Serina nunca lo había sacado de su error.

Serina nunca le decía que no cuando Greg la buscaba, pero el placer que le daba, que no estaba mal, no se parecía en absoluto al que Nicolas le había dado en tantas ocasiones, aquel placer que Serina sabía que iba a saborear de nuevo hoy.


Nicolas no se podía creer que estuviera dejando que Serina lo desnudara. No era su modus operandi normal en cuestiones de sexo. Pero los ojos de Serina reflejaban cariño y eso le estaba gustando. aquello no estaba siendo sólo sexo. Por lo menos, no para él. A lo mejor, para Serina sí porque seguro que ella se había convertido en toda una experta.

No se podía imaginar a Serina casándose con un hombre que no la satisficiera por completo en la cama.

Seguro que Greg Harmon había sido un fuera de serie.

«Sí, pero él ya no está, ha muerto... ¡y yo estoy aquí!», pensó Nicolas de manera pragmática.

Nicolas no estaba dispuesto a permitir que los celos le arruinaran las horas que iba a pasar con Serina. Era suya de nuevo y pensaba disfrutar de la situación.

—Veo que te cuidas, ¿eh? —comentó Serina tras abrirle el frontal de la camisa.

Así era. Nicolas se cuidaba. No estaba obsesionado con su forma física, pero había descubierto que el entrenamiento era un buen antídoto para la depresión que lo había amenazado tras el accidente. Desde entonces, ir al gimnasio varias veces a la semana se había convertido en una costumbre y ahora, al ver cómo lo miraba Serina, se alegraba de haberlo hecho.

A él también le estaba gustando mucho lo que estaba viendo, pues el cuerpo de Serina se había vuelto mucho más femenino tras haber sido madre.

Ahora, tenía un cuerpo con muchas más curvas y más sexy.

—Siempre me encantó que no tuvieras mucho pelo —comentó Serina acariciándole el pecho.

Los pezones de Nicolas se endurecieron. No fue aquél el único cambio que sus caricias produjeron. Nicolas creía que no iba a poder excitarse más, pero se había equivocado, pues su erección se envaró todavía más.

—Serina, sigue —le pidió.

Serina sonrió encantada. Nicolas aguantó como pudo

mientras seguía desnudándolo. Consiguió que no se produjera ningún incidente no deseado, pero, cuando Serina alargó la mano para acariciarle la erección, tuvo que pararle la mano.

–No –le dijo.

Serina lo miró sorprendida.

–Es que estás tan estupenda que no puedo aguantar más –le explicó Nicolas tomándola en brazos y dejándola sobre la colcha azul–. Te prometo que la próxima vez será más lenta.

–¿No te vas a poner preservativo? –le preguntó Serina al ver que se tumbaba en la cama a su lado.

–¿Lo ves? Es que me haces perder la cabeza... ahora mismo vuelvo –contestó Nicolas levantándose y dirigiéndose al baño.


Serina se quedó tumbada en la cama, mirándolo y preguntándose si Nicolas había intentado acostarse con ella sin preservativo y para qué.

¡Seguro que no! Pero, entonces, la única explicación era la que él le había dado, que lo excitaba tanto que le hacía perder la cabeza. Era tentador creer en aquella posibilidad.

«No lo hagas», se advirtió a sí misma. «No me quiere. Es sólo una cuestión de ver quién gana».

Nicolas volvió a la habitación con el aire de un guerrero vikingo que busca satisfacción sexual. Aquella vista hizo que Serina se excitara tanto que le diera igual saber que Nicolas había vuelto para vengarse.

Daba igual. Lo único que importaba era que había vuelto.

Nicolas, su único y verdadero amor, estaba allí.

–Nicolas –lo recibió abriendo los brazos y las piernas.

Nicolas gimió y se dejó caer sobre ella de manera parecida a como había sucedido la noche de la ópera. Su miembro se introdujo en el cuerpo de Serina como una espada en su funda. Serina gimió de placer y lo abrazó con fuerza mientras Nicolas la poseía una y otra vez.

–No los cierres –dijo Nicolas al ver que Serina iba a cerrar los ojos–. Quiero que me mires.

Serina lo miró a los ojos mientras alcanzaba el orgasmo, abrió la boca y tomó aire a bocanadas. Nicolas la besó y también a él le llegó el orgasmo.

Mientras lo dejaba reposar, Serina pensó que podría estar así para siempre, pero Nicolas levantó la cabeza al cabo de unos segundos.

Serina volvió a mirarlo a los ojos. Nicolas le retiró un mechón de pelo sudado de la frente. Serina intentó leer en sus ojos, pero no vio nada. Era evidente que la pasión había sido satisfecha. Por lo menos, de momento.

–Ahora me encuentro mucho mejor –anunció Nicolas–. ¿Y Tú? Bueno, en realidad, no hace falta que contestes porque he sentido tu orgasmo. Desde luego, hay cosas en la vida que nunca cambian. De todas las mujeres con las que he estado, eres la que más rápido alcanza el placer.

Serina sintió que el corazón se le encogía ante aquel comentario cruel y frío hecho mientras todavía estaba dentro de ella, pero así era mejor. Así, le quedaba claro lo que se proponía Nicolas. Así, no se haría ilusiones ni albergaría tontas esperanzas.

–Tengo hambre –continuó Nicolas como quien no quiere la cosa–. Seguro que tú también. ¿Nos tomamos algo y nos cambiamos? Sí, buena idea –añadió decidiéndolo él todo.

A continuación, salió del cuerpo de Serina con tal brusquedad que ella no pudo evitar sorprenderse.

–Lo siento –se disculpó acariciándole la mejilla–, pero hay cosas que no pueden esperar. Cuando la bañera de hidromasaje y la comida estén preparadas, todo estará listo. Qué guapísima estás...

–¡Deja ya de decirme eso! –lo increpó Serina–. ¡Sé perfectamente que no lo dices en serio, así que para ya!

–Lo digo para que lo que vamos a hacer esta tarde te parezca correcto –contestó Nicolas sonriendo con ironía.

Serina sintió miedo de repente. Por una parte, de aquel Nicolas frío y cruel, pero, por otra, de sí misma porque, a pesar de todo, seguía deseándolo.

–¿Y qué vamos a hacer? –preguntó temerosa.

Nicolas la miró encantado.

–Lo que yo quiera –contestó–. Ése es el trato, ¿no?

# Capítulo 12

O TRO bombón, cariño? –dijo Nicolas metiéndole otra delicia de chocolate en la boca.

Serina no dijo que no. ¿Para qué? Lo cierto era que no tenía suficiente fuerza de voluntad para negarse a nada de lo que Nicolas le pidiera. Además, estaba muerta de hambre porque no había comido nada desde el desayuno.

Así que se comió el bombón y lo ayudó a deslizarse por su garganta con un buen trago de champán mientras se preguntaba por qué Nicolas no le habría sugerido algo más atrevido en la bañera, pues estaban sentados uno frente al otro y lo único que se rozaban eran las puntas de sus pies.

Desde luego, no era aquello lo que ella había esperado.

No era la primera vez que compartían bañera, pero, cuando lo habían hecho en otras ocasiones, Nicolas siempre había aprovechado para, por ejemplo, ensartarla en su erección y acariciarle los pechos con fruición mientras le decía al oído palabras subidas de tono.

–¿Qué hora será? –se preguntó Serina en voz alta.

–No llevo puesto el reloj, pero no creo que sea más de la una, así que tenemos tiempo de sobra –contestó Nicolas–. Incluso podemos charlar un poco.

–¿Charlar? –se sorprendió Serina.

–¿No te apetece hablar? Pues lo siento mucho porque tienes que hacer lo que yo te diga. ¿Fuiste feliz en tu matrimonio?

Lo último de lo que le apetecía hablar a Serina en aquellos momentos era de su matrimonio, así que le dio otro trago al champán para intentar recuperar la compostura.

–Lo normal, como todo el mundo –contestó sin mirarlo a los ojos–. Teníamos días mejores y días peores, pero fuimos felices, sí.

Nicolas ladeó la cabeza.

–¿Y por qué tuvisteis sólo una hija?

Serina sintió que el corazón le daba un vuelco, pero disimuló.

–Intentamos tener más, pero no pudo ser.

–¿Por tu culpa o por la suya?

–No fue culpa de ninguno de los dos. Según los médicos, ambos estábamos perfectamente sanos –mintió Serina.

Lo cierto era que les habían dicho que Greg tenía poca producción de esperma y que, seguramente, se debía a que pasó las paperas de adolescente. En teoría, podía ser padre, pero no pudo ser.

–Ya... bueno, por lo menos, tuvisteis a Felicity, que es una niña encantadora.

–Sí, es encantadora, pero también muy difícil.

Nicolas sonrió con indulgencia.

–Sí, se le ve.

Serina decidió que quería cambiar de tema de conversación inmediatamente y así lo hizo.

–¿Y tú, Nicolas? ¿Te está esperando alguien en Nueva York? ¿La violonchelista, tal vez?

–¿Sabes lo de Junko? –contestó Nicolas enarcando las cejas.

¡Así que era su pareja!

–Sí. Felicity buscó información sobre ti en Internet y me contó cosas de tu vida.

–Ah.

–Supongo que habrás estado con mujeres muy guapas –aventuró Serina.

–Sí –se limitó a contestar Nicolas.

–¿Y nunca has querido casarte?

–Sí, una vez, pero no salió bien.

–¿Cuándo fue?

–Hace muchos años –contestó Nicolas en tono molesto–. Bueno, está claro que la cháchara no es lo nuestro. Además, esta tarde hemos quedado para hacer otras cosas. Venga, salgamos de la bañera y dediquémonos a hacer lo que se nos da bien.

Dicho aquello, se puso en pie. El agua y las burbujas de jabón le resbalaron por el cuerpo. Serina siguió la estela por el pecho, el abdomen y...

–Como podrás ver, ya me he recuperado –comentó Nicolas haciendo referencia a su potente erección–. Venga, deja el champán y ven a secarme, preciosa. Quiero que me seque una mujer que sepa cómo me gusta que me sequen.

Serina sintió que la cabeza le daba vueltas de emoción. Por fin iba a poder tocarlo como quería.


«Estoy loco», pensó Nicolas treinta segundos después.

Serina había salido de la bañera sin molestarse en secarse, había agarrado la toalla y se había puesto a secarlo de manera lenta y sensual. Primero, los brazos, los hombros y la espalda. Luego, las nalgas y la parte posterior de las piernas.

Nicolas tragó saliva cuando Serina comenzó a secarlo entre las piernas.

En una ocasión, había leído en un manual antiguo

de sexo que lo mejor para tener un orgasmo bien intenso era darle tiempo.

Serina debía de haber leído el mismo capítulo porque lo hacía de maravilla.

En aquellos momentos, estaba delante de él, secándose mientras lo miraba a los ojos con intensidad, dejándole muy claro que estaba tan excitada como él.

–Tira la toalla –le ordenó Nicolas.

Serina la tiró.

–Arrodíllate.

Serina se arrodilló sin dudarlo.

–Dime que me quieres.

Serina lo miró extrañada.

–No hace falta que sea verdad –le explicó Nicolas acariciándole el pelo–. Es sólo para que lo que vas a hacer a continuación esté dentro de un contexto adecuado.

–Nicolas, no –sollozó Serina.

–¿No qué? Pero si te apetece tanto como a mí.

Serina volvió a sollozar y Nicolas se sintió un ser despreciable, pero no estaba dispuesto a parar.

–Eres la que mejor me ha dado placer con la boca, Serina.

Cuando creía que Serina iba a ponerse a llorar, lo sorprendió rodeando con los dedos su erección y llevándose el glande a la boca. Nicolas sintió que se estremecía de pies a cabeza. Fue como si lo hubiera atravesado un rayo. Serina siguió adelante, abrió la boca y deslizó el miembro de Nicolas en su cavidad húmeda y caliente. Nicolas se quedó mirándola mientras ella movía los labios arriba y abajo por su pene con un ritmo diabólico.

Le entraron ganas de gritar de rabia.

Quería odiarla.

Y, en aquel momento, cuando comprendió que la que mandaba era ella, la odió.

La odió porque, contra todo pronóstico, la que tenía la sartén por el mango en aquellos momentos, era ella.

Era ella la que lo estaba utilizando y rechazando.

Era ella la que había ganado.

Serina quería que saliera de su vida y estaba dispuesta a hacer lo que fuera, incluso aquello, para conseguirlo.

Aquella idea llenó a Nicolas de amargura. Lo único que quería era ver cómo alcanzaba el orgasmo otra vez. Quería verla perder el control, pero era él quien iba hacia un orgasmo seguro.

No estaba consiguiendo su propósito.

En el último momento, Nicolas consiguió reunir fuerzas para apartarse y le encantó la cara de asombro que puso Serina.

–Lo vamos a dejar para un poquito más tarde, cariño... –le dijo poniéndola en pie–. Tengo muchas cosas preparadas para esta tarde y para ti...

# Capítulo 13

NICOLAS negó con la cabeza mientras miraba a Serina, que estaba dormida.

¿Qué había sido de la tarde de sexo y venganza que había planeado?

Había sido un gran error comenzar a darle placer con la boca con la intención de hacerla disfrutar tanto que le suplicara. Serina se había excitado, de eso no cabía ninguna duda, pero no tanto como él. En un abrir y cerrar de ojos, se había tenido que poner el segundo preservativo. La había tomado desde atrás y no había podido ver su cara cuando había alcanzado el orgasmo.

Desde luego, las cosas no habían salido como él habría querido.

Eran las tres. Buena hora para despertarla y volver a empezar. Podían rememorar los juegos más eróticos y las posturas más atrevidas que habían compartido.

Las posibilidades eran infinitas.

Pero no le apetecía. No quería sentir lo que sentía cada vez que la tocaba. No era odio. Era consciente de que no iba a poder soportar otras tres horas de aquel tormento emocional. Había llegado el momento de poner fin a aquella farsa.

Una vez decidido aquello, se dirigió al baño. Cinco minutos después, ya duchado y vestido, despertó a Serina, que se estiró de manera sensual antes de abrir los ojos.

–Te llevo a casa –anunció Nicolas sintiendo en su anatomía las consecuencias de aquellos gestos femeninos.

–¿Cómo? –se sorprendió Serina.

–Ya me has oído. Te llevo a casa.

–¿Ya son las seis? ¿Por qué no me has despertado antes? ¡Madre mía, no he llamado a Felicity! –exclamó Serina asustada y mirando el reloj–. ¡Pero si son sólo las tres! –protestó.

–He cambiado de idea. Ya he tenido suficiente por hoy –anunció Nicolas en tono frío.

–¿Suficiente? –se indignó Serina.

–A ver si me entiendes. Sigue siendo un placer acostarme contigo, pero tenías razón. Nuestra relación murió hace mucho tiempo. Lo que queda no son más que los últimos rescoldos. Esta tarde los hemos apagado y estoy contento con ello. Así, pasado mañana podré volver a mi vida normal y no volver a pensar en ti. Tú seguro que haces lo mismo.

Serina agradeció que Nicolas se hubiera dado la vuelta mientras pronunciaba aquella última frase, pues así no vio la cara de sorpresa que puso.

¿Se creía que no iba a volver a pensar en él? ¿Pero estaba loca o qué?

–Anda, vete desperezándote –añadió Nicolas saliendo de la habitación en dirección al salón.

Fue entonces cuando Serina se dio cuenta de que su ropa estaba en el salón. Salir a buscarla completamente desnuda después de lo que Nicolas le acababa de decir no le hacía ninguna gracia.

Nicolas jamás le había hablado así. ¿Acaso no se había dado cuenta de lo mucho que lo seguía queriendo? ¿No lo había percibido en sus labios y en su voluntad de hacer todo lo que él quisiera?

No, claro que no, no se había dado cuenta de nada.

Lo que, teniendo en cuenta que en el coche el comportamiento de Serina había sido el de una mujer que se va a acostar con un hombre por el mero placer del sexo, no era de extrañar.

En cualquier caso, durante un rato, había sido maravilloso. Serina había podido fingir que no había cambiado nada, que volvían a ser jóvenes, que nada importaba más que el momento. Había pasado un buen rato sumergida en el placer, obedeciendo las órdenes de Nicolas, jugando a ser su esclava sexual.

Pero ahora todo eso había acabado. Había llegado el momento de volver a su vida de verdad, había llegado el momento de controlarse.

Serina se dirigió al baño y se envolvió en una toalla. De repente, se le ocurrió mirarse en el espejo.

¡Desde luego, no podía volver así al trabajo! Tenía el pelo completamente revuelto, los labios hinchados y los ojos... si de verdad los ojos eran los espejos del alma, se había metido en un buen lío.

Serina se dirigió al salón y vio que Nicolas se estaba preparando un café en la cocina. Ignorando la mirada de arriba abajo que le dirigió, recogió su ropa y su bolso y volvió corriendo al baño.

–¿Estás lista? –le preguntó Nicolas al cabo de unos minutos.

–Sí –contestó Serina abriendo la puerta.

–Pues venga.

El trayecto hasta Rocky Creed fue bastante tenso. Ninguno de los dos habló. Serina se dedicó a mirar por la ventana. No se podía creer lo que había hecho. Se había acostado con Nicolas a las pocas horas de volver a verlo. Aquello era increíble.

Le habría gustado poder contárselo a alguien. A su madre, por ejemplo. Pero sabía que era imposible, así que no le iba a quedar más remedio que hacer lo que siempre había hecho: mantener la boca cerrada y guardarse sus secretos para ella.

Habían pasado Wauchope cuando el silencio de Nicolas comenzó a molestarla. Si de verdad estaba convencido de que su relación estaba muerta, ¿Por qué estaba tan enfadado con ella? Porque no había duda de que lo estaba.

—Nicolas, esto es una tontería —comentó cuando estaban llegando al puente.

—¿A qué te refieres?

—No hay necesidad de que me trates con frialdad. Si las cosas no han salido como tú esperabas, lo siento. Las personas cambiamos.

—Tú, desde luego, has cambiado. Te veo mucho más madura.

—Eso es porque he estado casada y he sido madre.

—¿Me estás diciendo que, como yo no he estado casado ni soy padre, no he madurado?

—No, yo no he dicho eso en absoluto, pero es cierto que la maternidad te obliga a madurar, a no ser egoísta.

—¿Me estás llamado egoísta?

—No pongas en mi boca palabras que yo no he dicho. Tú sabrás si eres egoísta o no, Nicolas.

—Supongo que lo soy. Mi madre siempre decía que lo era.

Volvieron a sumirse en el silencio mientras entraban en la ciudad. Aunque Serina sabía que se iban a ver al día siguiente, no quería que aquel día terminara mal.

—¿Podríamos despedirnos como amigos? —le preguntó con voz trémula.

Nicolas no contestó inmediatamente.

—Si es eso lo que quieres... —dijo por fin.

Serina habría preferido otra cosa. Siempre había deseado otra cosa, pero no podía ser. Muchos años atrás se había entrampado ella solita y ahora tenía que seguir adelante con sus mentiras.

–Sí, es lo que quiero –mintió.

Al llegar a la empresa de Serina, Nicolas paró el coche en la puerta, pero no aparcó.

–Entonces, somos amigos –se despidió besándola en la mejilla–. Nos vemos mañana.

Serina lo miró a los ojos.

Y estuvo a punto de decirle lo que tanto ansiaba verbalizar.

«Te quiero, siempre te he querido».

Pero no lo hizo.

Sintió que los ojos le picaban, así que sonrió y se bajó del coche. Tras despedir a Nicolas con la mano, se giró y no entró en la oficina. No era el momento para dar explicaciones a las chicas, así que se fue a casa.

Gracias a Dios, Felicity no estaba. Su hija no había sido nunca muy puntual. Menos mal. Serina entró en casa y se dejó caer al suelo llorando.

–Oh, Nicolas, ¿Por qué has tenido que volver? –se lamentó.

En su camino de regreso a Port Macquarie, Nicolas se iba preguntando exactamente lo mismo. Si no fuera porque le había prometido a Felicity ser parte del jurado en aquel maldito concurso, se iría ahora mismo.

No quería volver a ver a Serina.

No quería tener que fingir delante de todo el mundo que eran amigos.

Todo era mucho más fácil cuando Serina no era más que un recuerdo que lo atormentaba de vez en cuando, pero que podía apartar. Ahora, no podía apartarla de su mente, no cuando hacía poco estaba desnuda y de rodillas ante él.

Nicolas se estremeció.

Tenía que dejar de pensar en ella.

Además, Serina le había dejado muy claro que sólo lo quería para practicar el sexo. Y así se lo había dicho, ¿no?

«Es lo único para lo que sirves».

Y, por si no fuera suficiente, también le había dicho que era inmaduro y egoísta. Mientras conducía, recordó todo lo que había dicho y hecho aquel día y llegó a la conclusión de que Serina tenía razón, era inmaduro y egoísta.

E iluso.

Había sido tan imbécil como para creer que ella todavía podía quererlo. Porque, para ser completamente sincero consigo mismo, por eso había vuelto.

Sí, había vuelto con la vaga esperanza de que Serina lo siguiera queriendo.

Iluso.

Por mucho que le doliera, tenía que encarar la verdad: había perdido su oportunidad hacía veinte años. Su encuentro en la Ópera de Sydney no había significado nada para Serina, no había sido más que sexo.

Como lo que acababan de compartir aquella tarde.

Al llegar al apartamento, Nicolas se sirvió una copa de vino y se sentó a reflexionar.

«Debo tomarme lo de mañana como si fuera una audición. Es trabajo», se dijo.

Sí, siempre le habían gustado las audiciones porque siempre existía la posibilidad de descubrir a alguien con talento.

¿Habría alguien con talento en Rocky Creek?

# Capítulo 14

NICOLAS se sentó en la mesa del jurado y fijó los ojos en el escenario para no mirar a Serina, que estaba sentada en la primera fila hacia la izquierda. La había visto al entrar y que lo saludara había sido suficiente como para que su cerebro calenturiento se incendiara.

Iba vestida de blanco puro y virginal, pero, desgraciadamente para Nicolas, no tenía pinta de virgen en absoluto, pues el vestido tenía un pronunciado escote y el cinturón dibujaba su forma de mujer, excitándolo sobremanera.

Felicity subió al escenario. Nicolas no había olvidado que la hija de Serina también iba a tocar aunque suponía que la señora Johnson había exagerado cuando le había dicho lo buena que era.

–Me recuerda a ti, Nicolas –le había dicho su antigua profesora.

Felicity llevaba un vestido azul cielo y zapatos con un poquito de tacón y aparentaba más edad de la que tenía. Llevaba el pelo suelto y Nicolas se percató de que lo movía exactamente igual que su madre cuando andaba. Era más alta que ella. Claro que su padre había sido alto.

–Nuestro primera concursante es Jonathan Clarke, alumno de cuarto –anunció Felicity por el micrófono y señalando las cortinas.

De ellas emergió un chico delgado y nervioso y

Nicolas tuvo la sensación de que no iba a ser el ganador.

Tras haber escuchado a ocho intérpretes, estaba convencido de que en el colegio de Rocky Creek no había ningún chico con talento musical, pero lo que les faltaba en talento lo suplían con entusiasmo.

El auditorio estaba lleno de padres, profesores y ciudadanos que aplaudían a todos los intérpretes, y Nicolas se dijo que debía dejar de lado su lado crítico de empresario y músico acostumbrado a escuchar a los mejores y encontrar la manera de hacer crítica constructiva a aquellos pequeños.

Y así lo hizo.

El público agradeció con sus aplausos los comentarios amables que hizo hasta de la peor interpretación.

Hasta el momento, de todos los intérpretes mediocres que había visto, le iba a dar el premio a un niño de diez años que se llamaba Cory y que tocaba la batería.

Sólo quedaban dos concursantes más: Kirsty, una niña de doce años que bailaba hip-hop, e Isabella, otra niña de once que iba a cantar *Danny Boy*. Kirsty resultó ser una sorpresa muy agradable, pues era muy buena, pero era evidente que Isabella era la estrella de la velada porque, en cuanto abrió la boca, todo el mundo cayó en un silencio sepulcral para escuchar su voz pura y cristalina.

Cuando terminó, todos los allí presentes, incluido Nicolas, aplaudieron a rabiar. Ahora ya tenía claro quién iba a ser la ganadora del concurso. Claro que, antes de decirlo, faltaba la actuación de Felicity.

Cuando la vio subir al escenario, se puso nervioso. No, no podía ser. ¿Estaba nervioso por ella? ¡Pues sí! Pero si él nunca se ponía nervioso antes de un concierto... Jamás se había puesto nervioso. Solía emocionarse, solía querer salir para demostrarle al público de lo que era capaz.

Pero eso era porque él siempre había estado muy seguro de sí mismo. Las niñas de la edad de Felicity no tenían esa confianza. Claro que cualquiera lo diría viéndola avanzar hacia el centro del escenario.

Felicity andaba con naturalidad y soltura. Al llegar al centro, se paró y saludó al público dejando caer la cabeza hacia delante levemente. Al mismo tiempo, le dedicó a Nicolas una sonrisa que era pura confianza en sí misma.

–Ya verá –le dijo el director del colegio, que estaba sentado a su lado–. Si hubiera participado en el concurso, habría ganado por goleada.

A Nicolas le pareció que era mucho decir después de haber oído cantar a Isabella, pero confió. Observó cómo Felicity se acercaba al piano. La niña se sentó en el taburete, volvió a sonreírle y colocó las manos sobre las teclas.

–He elegido el repertorio de hoy en honor a una persona muy especial que nos acompaña hoy –dijo Felicity–. No creo que vaya a interpretar las piezas seleccionadas tan bien como él, pero espero que perdone mis errores y que lo disfrute.

«¿Qué errores?», se preguntó Nicolas treinta segundos después, mientras los dedos de Felicity volaban sobre el teclado.

Jamás había oído a una intérprete tan joven ejecutar con tanta maestría *El vuelo del moscardón* de Rimsky-Kórsakov. Al terminar esa pieza, Felicity voló hacia la próxima, la preciosa *Claro de luna* de Beethoven. Y, para finalizar y teniendo al público al borde de las lágrimas, se lanzó a tocar la polonesa *Heroica* de Chopin, una pieza que requería de gran dominio técnico.

Muchos pianistas elegían las polonesas de Chopin. A Nicolas siempre le habían encantado y muchas veces las había incluido en sus repertorios. Observó anonadado cómo Felicity la interpretaba con la misma pasión con la que él solía tocar y que tantas ovaciones le habían valido. Se fijó también en que Felicity no miraba la partitura porque no tenía. Tocaba de memoria, como él.

Nicolas no se lo podía creer. ¡Si con sólo doce años tocaba así, en unos cuantos años más podría comerse el mundo!

Felicity terminó su interpretación y todo el mundo permaneció en silencio, conmocionado, escuchando el silencio.

Felicity se puso en pie, se retiró el pelo de la cara y volvió a saludar al público con una expresión y una sonrisa que ponían de manifiesto que sabía lo buena que era.

Nicolas se puso en pie, comenzó a aplaudir y le gritó «¡bravo!» varias veces, como se hacía en Europa. El resto de los presentes lo imitó. Al ver que Felicity enrojecía levemente, el director del colegio subió al escenario en su ayuda.

—Además de ser una pianista maravillosa, Felicity es una organizadora estupenda —dijo pasándole el brazo por los hombros—. Gracias a ella, podemos contar hoy entre nosotros con el señor Nicolas Dupre. Para quienes no lo sepan, el señor Dupre fue el concertista de piano más famoso de Australia hasta que un desgraciado accidente dio al traste con su carrera hace diez años, pero los de Rocky Creek somos duros de pelar y se convirtió en un empresario teatral igual de famoso. Seguro que muchos de ustedes vieron hace unos años el documental que pusieron sobre él en la televisión. Bueno, lo importante es que está con nosotros aquí esta noche, tras hacer un gran esfuerzo, y que va a anunciar quién es el ganador del concurso. Señor Dupre, por favor...

Nicolas se puso en pie y avanzó hacia el escenario entre aplausos ensordecedores.

Serina no estaba aplaudiendo porque se estaba retorciendo los dedos sobre el regazo mientras miraba a Nicolas, que había subido al escenario y estaba entre su hija y el director del colegio.

Estaba guapísimo.

Llevaba un traje gris marengo que le habría costado una fortuna. Le quedaba de maravilla. La camisa azul que llevaba le hacía juego con los ojos y la corbata azul añil con rayas grises le quedaba de lo más elegante.

Lo único que no iba con aquella imagen de multimillonario era el pelo rubio algo largo que le sobresalía por encima del cuello de la camisa y su expresión sensual.

Serina oyó algunos suspiros femeninos.

Aquello la consoló de cierta manera. Si mujeres que no lo conocían de nada caían rendidas a sus pies, ¿cómo no lo iba a hacer ella?

Pero no era su atractivo sexual lo que la había impulsado a retorcerse las manos ni lo que le había formado un nudo en el estómago. No, no era eso, sino el miedo a que Nicolas se hubiera dado cuenta de la verdad al oír tocar a Felicity.

Para ella, era tan obvio, estaba tan claro que la niña que acababa de tocar era carne de su carne, eran los genes de Nicolas tocando y no los de Greg.

Serina se echó hacia delante en la butaca para ver bien la expresión del rostro de Nicolas cuando se acercó a Felicity. Cuando su hija le sonrió, él le devolvió la sonrisa con naturalidad y espontaneidad.

¡No se había dado cuenta de nada!

A pesar del alivio, Serina se preguntó cómo era posible que no se hubiera dado cuenta. ¿Cómo era posible que los hombres fueran tan insensibles? ¡Carecían de intuición! Se tendría que haber dado cuenta. Por Dios, pero si era obvio...

Claro que los hombres sólo veían y creían lo que su ego les permitía ver y creer.

Y Nicolas había creído años atrás que Serina no lo quería y hoy lo había vuelto a creer a pesar de que ella le había demostrado el profundo amor que le profesaba.

Serina se dejó caer hacia atrás y meneó la cabeza.

–No ha cambiado nada –comentó la señora Johnson, que estaba sentada a su derecha.

–No –contestó Serina pensando que Nicolas seguía estando ciego.

–Silencio las dos –las regañó la madre de Serina, que estaba sentada al otro lado.

Nicolas aceptó el micrófono que Fred Tarleton le entregaba.

–Para empezar, me gustaría darte mi más sincera enhorabuena, Felicity, por tu interpretación porque ha sido realmente espectacular. No sé si yo podría haberte superado a tu edad. Ese prodigioso talento tuyo y las horas de dedicación de la señora Johnson, tu profesora y también la mía, han dado sus frutos, desde luego. Señora Johnson, enhorabuena –añadió buscando a su antigua profesora.

–Retiro lo dicho –murmuró la mujer–. El niño al que yo enseñé a tocar el piano no era así de encantador.

Serina apretó los dientes disimuladamente.

Estaba enfadada y, mientras Nicolas iba diciendo los premios, su enfado fue en aumento, lo que era una locura. Con sus agradables comentarios, se estaba ganando a todo el mundo y, además, en lugar de anunciar un ganador, anunció dos: Isabella y Cory.

–También tengo algo para ti, Felicity –dijo de repente sacándose algo del bolsillo de la chaqueta–. Estoy aquí porque tú me escribiste –añadió–. Felicity me envió una carta muy emotiva –les explicó a los demás–. En ella, me hablaba de la trágica muerte de su padre en los incendios de Victoria. Como todos sabemos, ha organizado este concurso para recaudar fondos para la brigada antiincendios de la que su padre era presidente. Aunque todos habéis pagado vuestra entrada, me parece que no vamos a llegar a lo que cuesta uno de esos flamantes camiones a menos que os ayude un poquito, así que aquí tienes –concluyó entregándole un cheque.

Felicity miró el cheque, puso los ojos como platos y abrazó a Nicolas con fuerza.

–¡Trescientos mil dólares! –anunció.

Todo el mundo empezó a aplaudir. Todo el mundo excepto Serina, que estaba llorando. Su madre le pasó el brazo por los hombros.

–Tranquila, hija. Ya sé que te sigues acordando de él. Seguro que Greg está feliz viendo esto. Seguro que está orgulloso de su hija.

Aquello hizo que Serina llorara todavía más.

# Capítulo 15

L A FIESTA que hubo después del concurso estaba en todo su apogeo. A Nicolas lo estaban bombardeando con comida y conversación. La gente no paraba de acercarse a él para darle las gracias.

Incluso las empleadas de Serina se acercaron a hablar con él, pero no Serina.

Felicity le presentó a sus abuelos paternos, a quien Nicolas no conocía y que le parecieron una pareja curiosa, pues él era alto y muy delgado y ella baja y gorda, pero ambos eran amables y risueños.

–Nanna y Pop compraron la casa en la que tú vivías, ¿sabes? –le dijo la niña.

–¿De verdad?

–Sí, y también tu piano. Aprendí a tocar en él.

Aquello dejó a Nicolas perplejo porque había supuesto que Felicity tocaba el piano por influencia de Serina y que habría aprendido en el piano de su madre. Ella había tenido piano mucho antes que él.

–Cuando iba a dormir a casa de los abuelos, oía a los alumnos de la señora Johnson –continuó Felicity–. Me encantaba tumbarme en la cama y escucharlos.

¡Nicolas no se podía creer aquella coincidencia!

–Un día, Pop dice que tenía tres años, la verdad es que no me acuerdo, me encontraron en el salón intentando tocar el piano –concluyó Felicity–. Entonces, el abuelo decidió que tenía que dar clases. Aunque a mi madre no le hizo ninguna gracia, mi padre apoyó la idea aunque él no tenía talento para la música.

–El pobre Greg no tenía buen oído –comentó Franny Harmon–. Seguro que hoy está muy orgulloso de ti, cariño, porque como ha dicho Nicolas has tocado de maravilla.

–Si te mudaras a Sydney y fueras al conservatorio, podrías estar dando conciertos en pocos años –la animó Nicolas.

–Qué horror –respondió Felicity sinceramente–. Me encanta tocar el piano, pero no quiero hacerlo de manera profesional. ¡No me quiero ganar la vida así! Yo quiero ser veterinaria.

–¿Veterinaria? –se sorprendió Nicolas.

–Sí. ¿Para qué iba yo a querer ser concertista de piano? –continuó Felicity con la sinceridad propia de su edad–. Todo el día practicando. Qué aburrimiento. Uy, perdón –añadió al percatarse de lo que había dicho–. No me había dado cuenta... pero seguro que te lo pasas mejor ahora que cuando tenías que estar todo el día ensayando. Si quisiera ser concertista, me tendría que pasar todo el día ensayando. Lo sé porque la señora Johnson me lo ha dicho muchas veces. He estado semanas ensayando para la actuación de esta noche y no quiero volver a ver el piano durante un tiempo. No pienso tocar durante todas las vacaciones de Navidad. Bueno, me voy a ayudar a los demás, que no quiero que piensen que me estoy escaqueando. Gracias por todo, Nicolas –concluyó besándolo en la mejilla–. No te vayas sin despedirte.

–Veterinaria –murmuró Nicolas pensando en el gran talento para la música que se iba a desperdiciar.

–A mi nieta le fascinan los animales –comentó Bert, su abuelo–. Los adora. Y no se crea que sólo le gustan los animales domésticos. Qué va. Ella y Kirsty, que es su mejor amiga, se pasan el día buscando animales salvajes heridos para traerlos a casa.

–Ya –contestó Nicolas sin poder ocultar su malestar.

–Si quiere que le sea sincero, su abuela y yo nos alegramos de que quiera ser veterinaria porque, aunque se vaya a estudiar a otra ciudad, seguro que vuelve a trabajar por aquí. Ahora que nuestro hijo ha muerto, es lo único que tenemos porque Greg era hijo único. Nosotros siempre quisimos que Serina y él tuvieran más hijos, pero no fue así.

–Fue porque Greg tuvo paperas de adolescente. cuando vieron que Serina no se quedaba embarazada, se hicieron pruebas y los médicos les dijeron que Greg no producía suficiente esperma –añadió Franny–. Así que tenemos suerte de que tuvieran una hija. Estamos como locos con ella, ¿verdad, Bert? Es nuestra felicidad más grande. Recuerdo el día en el que nació como si fuera ayer. No parecía una recién nacida. Siempre fue diferente, desde el principio. Siempre ha sido adelantada y madura. Nada más nacer, parecía que tuviera tres meses. Y era preciosa. En eso no se parecía a Greg, la verdad, que fue un recién nacido feo. Pareció un monito durante semanas. Está claro que la belleza y el talento musical los ha heredado de su madre. El carácter, sin embargo, no es de Serina. Felicity es una chica con mucha iniciativa y muy testaruda. Cuando quiere una cosa, no hay quien se la quite de la cabeza. Menos mal que tiene un gran corazón para equilibrar tanta ambición. Sabemos que Serina tiene problemas con ella a veces. Nosotros intentamos ayudar todo lo que podemos y su abuela materna, también, pero lo cierto es que la niña necesita una figura paterna. Greg fue muy buen padre y Felicity lo adoraba. Dios mío... –dijo Franny con lágrimas en los ojos.

Nicolas consiguió consolarla, pero lo cierto era que su mente estaba en otra cosa por los comentarios que había hecho la abuela de Felicity.

Eso suponiendo que verdaderamente fuera su abuela, claro.

Nicolas sintió un gran vacío en la boca del estómago.

Serina no le habría hecho una cosa así, ¿verdad?

Nicolas comenzó a buscarla con la mirada.

–Vamos a tomar una taza de té, cariño –le dijo Bert a su mujer–. Ha sido un placer hablar con usted, señor Dupre. Y gracias de nuevo por su generoso donativo. Ha hecho muy feliz a mi nieta.

En cuanto sus ojos se cruzaron con los de Nicolas, Serina supo que lo que había temido durante años se acababa de producir.

Nicolas nunca la había mirado así... ¡estaba horrorizado!

–Que Dios me ayude –murmuró Serina mientras Nicolas iba a grandes zancadas hacia ella, que, gracias a Dios, estaba sola.

–¡Tenemos que hablar ahora mismo! –le dijo.

–¿De qué? –le preguntó Serina con fingida inocencia a pesar de que el corazón le latía desbocado.

–Creo que lo sabes muy bien.

–No, no tengo ni idea.

–¿De verdad quieres que te lo diga? ¿Aquí? ¿Quieres que todo el mundo se entere de que Felicity no es hija de tu marido, sino mía? –murmuró apretando los dientes–. Si no vienes conmigo ahora mismo, pienso gritarlo a los cuatro vientos.

Serina creyó que se iba a desmayar. Su mundo se estaba rompiendo. En realidad, no sólo el suyo, sino también el de su hija y el de otras muchas personas.

«No lo sabe seguro. Lo sospecha, pero no lo sabe. Puedo convencerlo, puedo hacerlo», se dijo mientras se agarraba al borde de la mesa.

–No sé qué te habrán dicho Bert y Franny para que se te haya ocurrido una cosa así, pero estás completamente equivocado –le dijo con mucha calma–. Felicity es hija de Greg, no tuya –añadió.

–No te creo –la desafió Nicolas–. ¿Quieres que hablemos de ello aquí o prefieres venir conmigo?

–¿Adónde quieres que vayamos? –le preguntó Serina alarmada porque no pensaba volver a su casa.

–A un sitio más tranquilo donde podamos hablar en privado –contestó Nicolas.

En aquel momento, llegaron Felicity y Kirsty corriendo.

–Mamá, mamá, ¿me puedo quedar a dormir en casa de Kirsty? –le preguntó Felicity a su madre.

–Bueno... –respondió Serina.

–Por favor, por favor –insistió la niña.

–Por favor, señora Harmon –imploró también Kirsty–. A mi madre le parece bien. Así, mañana podremos pasar el día juntas.

Serina sabía que no le iba a servir de nada negarse. Cuando aquellas dos se ponían de acuerdo en algo, no había quien pudiera con ellas. Además, así tenía un lugar para hablar con Nicolas porque, si iba a tener que hablar con él, prefería hacerlo en su casa, donde se encontraba a salvo.

–Muy bien –cedió–. Pero no tienes ropa.

–Ya le dejo yo –contestó Kirsty.

–Está bien, pero no hagáis tonterías, ¿eh?

–¿Qué tonterías, mamá?

–Por ejemplo, salir al bosque en busca de koalas heridos. Han dicho que mañana va a hacer todavía más calor que hoy y va a soplar viento, así que podría haber incendios. Prométeme que os quedaréis cerca de casa de Kirsty.

–Lo prometemos –corearon ambas niñas.

–Así puedes volver a salir con Nicolas esta noche –comentó Felicity haciendo reír a su amiga.

Serina no se sorprendió. Su hija estaba empeñada en emparejarla con Nicolas. Aquella chiquilla era incorregible.

–Qué buena idea –intervino Nicolas con una sonrisa maquiavélica–. Esta tarde nos lo hemos pasado muy bien, ¿verdad? Podríamos ir al cine. Nos gustaba mucho ir al cine, ¿te acuerdas?...

Serina palideció porque no era cierto. Les decían a sus padres que iban al cine y se pasaban la tarde haciendo el amor.

Si Nicolas se creía que iba a obligarla a volverse a acostar con él, iba listo. Claro que, ¿y si amenazaba con contarle a todo el mundo que era el padre de Felicity si no lo hacía?

No sería capaz de hacerle una cosa así, ¿verdad?

Nicolas vio el momento exacto en el que Serina se dio cuenta de la situación porque lo miró y elevó el mentón en actitud desafiante.

–Estoy cansada y no me apetece ir al cine, pero puedes venir a tomar un café a casa si quieres –le dijo Serina.

No era eso lo que Nicolas quería. No le apetecía nada ir a la casa en la que Serina había jugado a las familias felices con Greg Harmon y su hija, pero no podía armar un numerito delante de Felicity.

Lo cierto era que no sabía qué iba a hacer, pero quería ver sufrir a Serina un poco.

Se lo merecía.

–Excelente idea –le dijo.

–No me puedo ir todavía –contestó Serina cuando

Felicity y Kirsty se hubieron ido–. Tengo que ayudar a recoger. La fiesta ya se está terminando, pero hay que limpiar y guardar las sillas de plástico.

Nicolas tuvo que hacer un gran esfuerzo para controlarse porque estaba acostumbrado a que la gente hiciera lo que él quería inmediatamente, pero estaba claro que Serina no lo iba a hacer, Serina ya no se plegaba a sus deseos.

De repente, se le pasó por la cabeza que aquella tarde lo había hecho única y exclusivamente para conseguir que se fuera de Rocky Creek cuanto antes. Aunque en el momento parecía que le estaba gustando lo que estaban compartiendo, seguro que lo había fingido y seguro que lo había fingido también aquella noche en la ópera.

Y, en aquella ocasión, lo habría hecho para quedarse embarazada porque sabía que Greg Harmon no podría darle hijos.

Nicolas sintió que la furia se apoderaba de él al recordar aquella noche. ¡Qué ingenuo había sido! ¡Qué fácil le había resultado engañarlo!

Pero se iba a volver a acostar con ella. Sí, Serina iba a volver a consentir para comprar su silencio.

Y, al día siguiente, se iría.

# Capítulo 16

SERINA suponía que Nicolas iba a protestar, pero no lo hizo.

–Pues te ayudo –dijo–. Así, terminarás antes.

Y así fue.

En media hora, todo estaba recogido, las sillas en su sitio, el suelo fregado. Para entonces, la madre de Serina se había ido a llevar a la señora Johnson a casa y Felicity había abandonado el lugar con la familia de Kirsty.

Serina y Nicolas salieron del auditorio a las ocho y media, cuando estaba anocheciendo. Para entonces, Serina había preparado bien su defensa, basada en que Nicolas no tenía pruebas de nada, sólo sospechas y suposiciones.

–Vamos a ir cada uno en nuestro coche –anunció Serina–. El mío es aquel blanco de allí. Sígueme.

–¿A cuánto está tu casa? –quiso saber Nicolas.

–A menos de un kilómetro de aquí –contestó Serina–. ¿Te acuerdas de la finca de las fresas? La compró una constructora y la dividió en varios terrenos. Greg y yo compramos uno poco después de casarnos.

Nicolas no quería seguir oyendo detalles de la vida de casada de Serina. La chica que él había conocido y amado no era capaz de engañarlo como sospechaba que lo había hecho.

«Tranquilidad, a lo mejor las cosas no fueron como yo creo que fueron. Estoy seguro de que Felicity es hija mía, pero, tal vez, Serina no fue a verme a la ópera aquella noche con la idea de quedarse embarazada. A lo mejor, simplemente, ocurrió», pensó Nicolas.

«Pero, de haber sido así, ¿por qué se casó con Harmon? ¿Por qué no habló conmigo? Me habría casado con ella. La quería».

No, era obvio que Serina lo había planeado todo.

Nicolas sabía que las mujeres eran capaces de cosas así. Su propia madre lo había hecho.

Tenía que conseguir que Serina confesara la verdad.

Para cuando aparcaron frente a una casa color crema estilo rancho, Nicolas se había tranquilizado un poco, pero sólo un poco.

–Espero que no sigas negándolo –fue lo primero que le dijo al encontrarse en el porche.

–Ten cuidado dónde pisas –contestó Serina abriendo la puerta de su casa–. Tengo una gata a la que le encanta enredarse entre las piernas de la gente.

Nada más decirlo, apareció un enorme animal negro que Serina agarró en brazos.

–Sí, sí, ya estoy aquí –le dijo al animal llevándolo a la cocina y abriendo el frigorífico–. Supongo que tienes hambre –añadió dejándolo en el suelo.

Nicolas comprendió que la conversación que quería mantener con Serina iba a tener que esperar hasta que ésta hubiera atendido a la gata, que resultó llamarse Midnight, así que se sentó en uno de los taburetes altos de la cocina y esperó.

En la espera, su mirada se puso a deambular por los alrededores. Aunque la casa no parecía muy grande por fuera, por dentro era muy espaciosa. El lugar en el que se encontraba aunaba salón, comedor y cocina y había sitio para dos sofás grandes, un televisor enorme, varias mesitas auxiliares y una gran mesa ovalada para diez personas como mínimo.

Era un lugar destinado a hacer vida de familia y óptimo para reunir a amigos y familiares. No pudo evitar imaginarse la cantidad de fiestas y de reuniones familiares que se habrían celebrado allí. Cumpleaños, aniversarios, Navidades.

¿Se habría sentido Serina culpable en aquellas ocasiones? ¿Habría pensado en él durante aquellos años? Era el padre de su hija...

Todo aquello parecía imposible.

Nicolas comenzó a impacientarse, pues Serina no había terminado todavía de dar de cenar a la gata.

–¿Has terminado ya con ese maldito animal? ¿Podemos hablar de lo que tenemos que hablar? –estalló.

Serina se incorporó y lo miró muy seria.

–Ya te he dicho que Felicity no es hija tuya, que es hija de Greg. No sé lo que te habrán dicho Bret y Franny para que se te haya ocurrido algo así.

–Pues me han dicho varias cosas, la verdad –contestó Nicolas–. Para empezar, me han dicho que estaban agradecidos al cielo por que su hijo hubiera podido ser padre ya que había tenido paperas de adolescente y todos sabemos que eso te suele dejar estéril.

–Greg no era estéril –se defendió Serina–. Y lo puedo demostrar. Nos hicimos pruebas. Tenía poco esperma, pero no era estéril. Podía ser padre.

–Pero no de un prodigio de la música –continuó Nicolas–. Serina, ¿te crees que estoy ciego? ¿Cuántas niñas de doce años pueden tocar como Felicity lo ha hecho hoy? ¡Desde luego, no puede ser hija de un hombre que no tenía oído para la música!

–Bueno, también es mi hija y a mí se me daba bastante bien la música –le recordó Serina.

–Eras bastante normalita.

–Vaya, gracias –se indignó Serina.

–Puedes gritar y chillar todo lo que quieras, pero sé que Felicity es hija mía.

–¿Ah, sí? ¿Y cómo explicas su fecha de nacimiento? Felicity nació exactamente nueve meses después de que me casara con Greg, diez meses después de que me acostara contigo. ¿Se te dan bien las matemáticas, genio? ¡Es imposible que sea hija tuya!

Nicolas sabía que Serina le iba a salir con aquello.

–No es la primera vez que me dices esto. La primera, me lo tragué, pero resulta que Bret y Franny han estado alardeando de lo bonita que era su nieta cuando nació. Franny ha llegado a decir que no parecía una recién nacida.

Serina abrió la boca, pero no dijo nada.

–Nació tarde, ¿verdad? –la acusó Nicolas.

–¡No digas tonterías! Ningún médico hoy en día te dejaría tener un embarazo de diez meses. Me lo habrían provocado.

–No te lo provocaron porque no sabían que estabas embarazada de tanto tiempo. Les diste fechas erróneas y ya está. No es tan difícil. Supongo que te inventarías cualquier excusa para que no te hicieran ecografías y listo. Podría preguntárselo a tu madre.

–¡Deja de decir idioteces! –exclamó Serina cruzándose de brazos–. ¿Estás loco o qué?

–Si no dejas de negarlo, pediré pruebas de ADN y se acabó la discusión –le advirtió Nicolas.

–¡No puedes hacer eso sin mi permiso!

–Claro que puedo. Lo único que necesito es un buen abogado y una orden judicial. Entonces, tendré lo que me has negado durante doce años. Una vez probada mi paternidad, tendré acceso a mi hija.

–¡No lo hagas, Nicolas! –gritó Serina aferrándose a la encimera–. ¡No le destroces la vida a tu hija!

–Así que es mía...

–¡Sí, es tuya! –confesó Serina.

Nicolas se sintió como si le hubieran dado un puñetazo. Una cosa era sospecharlo y otra, muy distinta, saberlo a ciencia cierta.

–Lo siento –le dijo Serina mientras las lágrimas le resbalaban por las mejillas.

–Lo sientes...

–Sí, lo siento mucho. Nunca he querido hacerte daño. No he querido hacer daño a nadie. Sé que lo que hice estuvo mal, pero no lo hice con mala intención.

El enfado de Nicolas había dado paso a una gran tristeza y a un horrible vacío.

–Cuando me enteré de que estaba embarazada, estaba a punto de casarme y no tuve valor para echarme atrás.

–Me lo tendrías que haber dicho –le dijo Nicolas.

–Sí, te lo tendría que haber dicho.

–Pero no lo hiciste.

–No.

–No estabas enamorada de mí, sino de él. ¿Te acostaste conmigo porque sabías que Greg no podría tener hijos? ¿Lo hiciste para darle el hijo que sabías que no podría tener?

–¡No! –exclamó Serina sorprendida–. ¡Jamás haría una cosa así! Además, Greg sí podía tener hijos –insistió.

–¿Cuándo te diste cuenta de que era mía?

Serina se giró para sonarse la nariz.

–Estoy esperando una contestación –insistió Nicolas con impaciencia.

–Lo supe siempre, desde el principio –suspiró Serina–. Llevaba dos meses sin acostarme con Greg porque él quería que nuestra noche de bodas fuera especial.

–¿Y lo fue?

–¡No pienso contestar a eso!

–Vas a contestar a eso y a lo que a mí me dé la gana porque, si no haces lo que yo quiera, le contaré a todo el mundo la verdad.

–No serás capaz. No eres tan cruel.

–Ya no me conoces.

–¿Y qué quieres que haga? –le preguntó Serina con miedo.

–Eso depende de lo que tú quieres que yo haga. Prefiero que me lo digas, que me lo dejes muy clarito. Así, no habrá malentendidos.

Serina tomó aire.

–Quiero que no se lo cuentes a nadie, por favor. Nunca. No es por mí, sino por Felicity... bueno, y también por su familia. Ya has visto cómo la quieren los padres de Greg. Si les dijeras que Greg no era su padre, les romperías el corazón... y a Felicity, también.

–¿Y mi corazón? ¿Qué pasa con mi corazón? ¿O es que te crees que a mí no se me puede romper también?

–Oh, Nicolas, seamos sinceros. Todo esto no es más que tu ego, que se siente herido. No tienes ningún vínculo con Felicity. No creo que estuvieras dispuesto a volver a vivir aquí para ejercer de padre. Tu vida está en Nueva York y en Londres.

Nicolas tuvo que admitir que eso era cierto.

–Podría venirse a vivir conmigo –se le ocurrió de repente–. Así, podría ayudarla a ser una buena pianista. Tiene talento.

–Está visto que no conoces a tu hija en absoluto –contestó Serina–. Felicity no quiere ser concertista de piano. Quiere ser veterinaria.

–Sí, me lo ha dicho –admitió Nicolas.

–¿Lo ves? Entonces, no ganas nada diciéndole que eres su padre. Te va a odiar, te lo digo en serio.

–¿Y tú, Serina? ¿Tú también me odiarías o ya me odias?

–Yo nunca te he odiado, Nicolas, pero, si me haces esto, podría terminar odiándote muy fácilmente –reconoció Serina en tono frustrado.

–¿Cuándo dices «esto» te refieres a decirle a Felicity que es mi hija o a exigirte ciertos favores sexuales a cambio de mi silencio?

–Oh, Nicolas.

–No te pido tanto, ¿no? –se enfadó Nicolas–. Una miserable noche de sexo a cambio del silencio de toda una vida. A lo mejor, incluso te gusta. Esta tarde parecías estar pasándolo bien.

Serina palideció, pero levantó el mentón en actitud desafiante.

–Lo de esta tarde ha sido completamente diferente.

–¿Ah, sí? ¿Me vas a decir que no te has plegado a mis deseos sexuales única y exclusivamente para que me fuera cuanto antes?

–Soy consciente de que ha podido parecer así...

–Pues sí, es lo que ha parecido, sí. ¿Estás dispuesta a repetir la actuación esta noche?

Serina lo miró con reproche.

–Si no me queda más remedio –contestó.

Aquella contestación hizo entrar en razón a Nicolas, le hizo comprender cuánto quería Serina a su hija y hasta dónde estaba dispuesta a llegar para protegerla. ¡Estaba dispuesta a humillarse!

Su madre lo había querido así también.

A su padre, sin embargo, le había importado muy poco. Uno años atrás, Nicolas había ido a buscarlo y había hablado con él. El hombre no sólo había negado que fuera su hijo sino que, además, había hablado mal de su madre diciendo que era una fulana que se acostaba con todo el mundo, lo que no era cierto.

Nicolas no había ido a buscarlo con la idea de que lo quisiera nada más verlo, pero, por lo menos, se podría haber mostrado más amable en lugar de cruel, más decente.

Ahora, él tenía la oportunidad de actuar de otra manera.

–No pasa nada, Serina –suspiró–. No te voy a pedir nada. Tú ganas. Me voy. Y no le voy a decir a nadie que soy el padre de Felicity.

Serina estalló en llanto.

–No llores –le espetó Nicolas–. No lo hago por ti, sino por ella, por mi hija.

Serina levantó la mirada.

–No entiendes nada. Yo te quería, Nicolas. Te quería con todo mi corazón y creía que tú también me querías, pero no era así. Te fuiste cuando más te necesitaba y no volviste. No pude perdonártelo, pero, aun así, te seguí queriendo.

Dicho aquello, se quedaron mirando a los ojos durante unos interminables segundos.

–¿Quisiste a Harmon como me quisiste a mí?

–Aprendí a quererlo porque era un buen hombre, pero mi corazón siempre ha sido tuyo. Fuiste mi primer y gran amor y siempre lo has sido.

Exactamente igual que para Nicolas lo había sido ella.

–Quiero que pases la noche conmigo –le pidió con la voz rota.

Serina lo miró anonadada.

–Esto no tiene nada que ver con no hablar con Felicity. Decidas lo que decidas, pases la noche conmigo o no, no pienso decirle que soy su padre. Por favor, Serina, sólo quiero...

–¿Qué es lo que quieres? –gimió Serina.

–Te quiero a ti, quiero tenerte entre mis brazos una vez más –contestó Nicolas en un tono de voz que revelaba lo mucho que estaba sufriendo.

–No sabes lo que me pides –sollozó Serina–. Si lo hago, me volveré a enamorar perdidamente de ti y no querré que te vayas. Nunca he sido capaz de resistirme a ti sexualmente hablando, ya lo sabes.

–Sí, lo sé. Por lo menos, eso siempre lo he tenido claro. Bueno, entonces, ¿qué me dices? ¿Sí o no?

–Oh... –se lamentó Serina mirándolo desesperada–. Aquí, no.

Nicolas interpretó eso como un sí y su cuerpo, también.

–Vamos a tu apartamento –le propuso Serina con un brillo especial en los ojos–. Te advierto que no me voy a quedar toda la noche.

Nicolas asintió...

# Capítulo 17

CUANDO Serina se despertó, la luz del día entraba por la ventana que había sobre la cama.

«Y eso que había dicho que no me iba a quedar toda la noche», pensó viendo que eran las seis y cinco de la mañana.

Con cuidado, apartó la pierna que tenía sobre el cuerpo de Nicolas, que seguía durmiendo, se giró y se tumbó de espaldas a su lado.

Estaba en lo cierto al temer pasar la noche con él, pues era difícil resistirse a Nicolas el amante apasionado, pero era imposible resistirse a Nicolas el amante tierno.

No se había vuelto a enamorar perdidamente de él porque era imposible. ¿Cómo se iba a volver a enamorar de él si ya lo estaba? Pero había empezado a albergar esperanzas, unas esperanzas imposibles de cumplir.

Serina sabía que era imposible que Nicolas fuera a volver a vivir en Rocky Creek. Tampoco se iba a casar con ella. Lo máximo que podía esperar era que se quedara la semana entera, que era el período por el que había alquilado el apartamento. Y, tal vez, volviera de vez en cuando de visita.

Pero lo más normal sería que se fuera aquel mismo día y no volviera jamás.

Lo que habían compartido aquella noche había sido una bonita despedida.

Serina sintió que el corazón se le encogía. ¿Podría soportar volverlo a perder?

«¿Qué remedio me queda? Venga, en movimiento, que hay que vestirse y salir de aquí antes de que me vea alguien», se dijo.

Aquello la hizo reaccionar, se levantó, recogió su ropa y se fue al baño a ducharse. Ya vestida, se estaba peinando cuando la puerta se abrió y apareció Nicolas en toda su gloriosa desnudez.

–¿Se puede saber adónde vas a estas horas? –le preguntó.

–A casa –contestó Serina haciendo un gran esfuerzo para no abalanzarse sobre él.

–¿Por qué? Felicity no está y es muy pronto.

–Tengo que ir a trabajar.

–Pero si es sábado...

–Ya, pero Emma tiene una boda y tengo que ir yo en su lugar a la oficina.

–Bueno, pues tómate un café conmigo antes de irte –le propuso Nicolas–. Quiero que hablemos de una cosa.

–¿De qué? –quiso saber Serina notando que el corazón le daba un vuelco.

¿Y si Nicolas había cambiado de opinión y había decidido contarle a todo el mundo que era el padre de Felicity?

–Tranquila, nada que deba preocuparte –le dijo girándose y mostrándole su estupendo trasero–. Voy a poner agua a hervir.

–Ponte también algo encima –le aconsejó Serina.

Nicolas se rió.

Cuando Serina se reunió con él en el comedor, Nicolas había servido dos tazas de café.

–¿De qué quieres que hablemos? –le preguntó nerviosa.

–¿Con leche y azúcar?

–Sí –contestó Serina impaciente–. ¿De qué quieres que hablemos? –insistió.

–Madre mía, te has levantado con el pie izquierdo, ¿eh?

–¡Nicolas, por favor, me estás poniendo de los nervios! ¡Desembucha!

–Está bien, está bien, tranquila. Sólo quiero decirte que he cambiado de opinión.

Serina palideció.

–No es lo que tú te crees –la tranquilizó Nicolas–. ¿Por qué siempre piensas lo peor? Es que no me voy a ir hoy como tenía previsto.

–Pero anoche dijiste...

–Sí, ya lo sé, pero lo he pensado mejor y me voy a quedar. Te prometo que no voy a decir nada de lo de Felicity. Sería cruel por mi parte y no me serviría de nada porque me odiaría y tú, también, y te aseguro que eso es lo último que quiero –le explicó tomándola entre sus brazos–. Ayer dijiste que corrías el riesgo de volver a enamorarte perdidamente de mí. ¿Ha sucedido o no ha habido suerte?

Serina sintió que su corazón y su mente luchaban. ¿De qué le serviría decirle que lo quería? Además, él no se lo había dicho y había tenido muchas oportunidades aquella noche.

–Nicolas, no puedo permitirme el lujo de que me vuelvas a romper el corazón –admitió.

–¿Y crees que lo haría?

–No lo sé... ya no nos conocemos... venimos de mundos muy diferentes.

–Eso no es del todo cierto. Los dos somos australianos –contestó Nicolas sonriendo–. Me ha quedado muy claro que tú crees que odio Rocky Creek y, ¿sabes?, no estoy tan seguro. Tú das por hecho que prefiero vivir en Nueva York o en Londres, pero lo cierto es que ayer me lo pasé muy bien, me encantó el concurso. Hacía tiempo que no me lo pasaba tan bien, pero eso no es nada comparado con lo que tenemos. ¿Te crees que estoy dispuesto a dejar que te me escapes por tercera vez? Es cierto que no creo que me gustara vivir aquí a tiempo completo, pero podría venir a menudo y tú podrías venir donde yo esté. Yo te lo pago todo, por supuesto.

Por supuesto. ¿Cómo iba a ser de otra manera? Eso era lo que hacían los hombres ricos, pagárselo todo a sus amantes.

Serina sintió que la boca se le llenaba de un regusto amargo.

No quería convertirse en la amante en la distancia y, además, aquello de que Nicolas fuera a menudo a Rocky Creek era un riesgo.

–Pase lo que pase entre nosotros, aunque te enfades conmigo, no le dirás a nadie ya sabes qué, ¿verdad?

–Te he dado mi palabra.

–¿Y qué le digo a mi familia? A mi madre, por ejemplo, cuando me pregunte por qué te vas a quedar toda la semana.

–Pues diles la verdad, que me he vuelto a enamorar perdidamente de ti y que no me puedo ir –contestó Nicolas.

Serina lo miró con la boca abierta.


Nicolas se apoyó en la barandilla y le dijo adiós con la mano a Serina, que estaba cruzando la calle en dirección a su coche. Serina le lanzó un beso con la mano y él se lo devolvió.

–Luego te llamo –le dijo haciéndola sonreír.

Le encantaba aquella sonrisa. Le hacía sentirse bien. Aquella mujer le hacía sentirse bien. Era cierto que todavía no confiaba lo suficiente en él como para decirle que lo quería, pero Nicolas se había dado cuenta por sus besos y sus caricias de que así era y estaba seguro de que no tardaría en decírselo.

Mientras tanto, tendría tiempo de ir ideando cómo sería su vida en el futuro. Era cierto que no se veía viviendo en Rocky Creek los siete días de la semana. Era consciente de que echaría de menos las cenas y las salidas al teatro o a la ópera, pero no había que irse a Nueva York o a Londres para hacer algo así. En Australia, había muchas ciudades que disponían de una amplia oferta cultural. Sin ir más lejos, Sydney, que estaba muy cerca en avión de Port Macquarie.

Mientras entraba y se preparaba otro café, decidió que iba a preguntar si había algún apartamento en venta en aquel mismo edificio. Así, podría ir y venir y tendría su casa en la zona. Podría incluso seguir con su carrera como productor y promotor desde allí. Australia tenía lugares de sobra para grandes musicales y conciertos.

Lo cierto es que se aburría un poco últimamente con el trabajo, pero sabía que podía volver a interesarle en el futuro y le parecía un error dejarlo cuando se casara con Serina. Ah, porque pensaba casarse con ella, claro. No lo había mencionado porque le había parecido demasiado pronto, pero lo tenía muy claro.

La seguía queriendo y tenía claro que Serina se había casado con otro hombre por su culpa. Porque, si hubiera estado a su lado demostrándole lo mucho que la amaba, no se habría ido con Greg.

Serina había admitido que nunca había querido a Greg Harmon como lo había querido a él.

# Capítulo 18

BUENO, bueno, bueno –dijo Allie en cuanto Serina entró en la oficina poco después de las nueve– . No esperábamos que fueras a venir. Te hacíamos durmiendo para recuperar el sueño porque ya sabemos que esta noche no has dormido nada, ¿eh?

Serina intentó ocultar su sorpresa.

–Ya veo que los rumores vuelan –comentó yendo hacia su mesa.

–No te pongas a la defensiva, cariño –intervino su madre desde la mesa de Emma–. Todos estamos encantados de que salgas un poco y lo pases bien. ¿Te lo pasaste bien?

Serina hubiera creído que su madre se iba a mostrar algo molesta, pero no estaba siendo así, lo que la sorprendió. De todas formas, era demasiado pronto y no le iba a contar todo. ¿Cómo le iba a decir así, de sopetón, que Nicolas y ella se habían vuelto a enamorar locamente?

–Muy bien, gracias –contestó–. Fuimos a una discoteca y bebí demasiado, así que Nicolas me ofreció amablemente su sofá y, cuando he abierto un ojo, estaba amaneciendo –se inventó suponiendo que la creerían porque solía mantener a los hombres a raya y no era de esperar que se acostara con Nicolas tan rápidamente.

–Supongo que habrá alquilado una casa bonita –comentó su madre.

–Sí, ¿no te lo había dicho? Está en el edificio Blue

Horizons –contestó Serina sentándose y encendiendo el ordenador–. A lo menor no te lo había dicho... es un sitio muy bonito, sí. De hecho, le ha gustado tanto que se va a quedar una semana más.

–¿Ah, sí? Pues anoche nos dijo a la señora Johnson y a mí que se iba hoy.

–Sí, ésa era su idea inicial, pero ha cambiado de parecer. Había pensado que... ya que va a estar aquí en Navidad... se podría venir a comer con nosotros.

–¿De verdad? No sé si es una buena idea. Quiero decir, el día de Navidad se suele comer con la familia.

«Si tú supieras que es el padre de tu nieta», pensó Serina.

–Con la familia y con los amigos, ¿no? Seguro que a Franny y a Bert no les importa y a Felicity le hará mucha ilusión porque le cae muy bien.

–De eso no me cabe duda –admitió su madre–. Se pasa el día hablando de él.

–Entonces, no hay problema, ¿no?

–Supongo que no –contestó su madre sin convencimiento.

Lo que Serina suponía. A su madre no le haría ninguna gracia que su hija tuviera una relación con Nicolas. Definitivamente, no aprobaría que fuera su amante.

–¿Puedo comer yo también con vosotros en Navidad? –bromeó Allie.

–No creo que a tus padres les hiciera mucha gracia –contestó Serina.

–Vaya, una llamada –contestó su empleada–. Browns Landscaping. Dígame –añadió atendiendo el teléfono–. Buenos días, señor Dupre... bueno, sí, eso, Nicolas... sí, ahora mismo se lo digo –añadió mirando a Serina–. Serina, dice Nicolas que tienes el móvil apagado y que te está intentando llamar.

Serina intentó no alterarse demasiado.

–Ya está –contestó algo nerviosa.

–Ya está, Nicolas –repitió Allie despidiéndose.

Diez segundos después, el móvil de Serina se puso a vibrar. Debía tener cuidado con lo que decía porque tanto su madre como Allie la estaban escuchando.

–Hola, Nicolas –le dijo–. Perdona por lo del móvil. Tengo la costumbre de olvidarme de encenderlo. ¿En qué te puedo ayudar?

Nicolas se quedó de piedra.

–Ah, está tu madre delante, ¿no? –dijo comprendiendo la situación.

–Efectivamente.

–Y no le has contado lo nuestro.

–Todavía no.

–Desobediente. Te voy a tener que castigar con mis propias manos.

–¿Ah, sí? Me encantaría.

–¿Qué tal con látigo incluido? ¿Esta tarde? Me muero por azotarte...

–Eh... voy a llamar a Felicity y te digo.

–Date prisa. No puedo más y ya sabes que soy muy impaciente cuando quiero algo –la instó Nicolas.

–Sí, es cierto. Hace muchísimo calor. Vete a dar un chapuzón a la playa y te refrescas un poco –contestó Serina siguiéndole la broma.

–¿Quieres que te cuente en detalle con sonido estéreo lo que te voy a hacer?

–No, en este momento no puedo –contestó Serina tragando saliva–. Voy a llamar a Felicity para ver qué planes tiene y te llamo –se despidió.

Tras colgar, volvió a tragar saliva, se colocó el pelo y sonrió.

–Ibas a llamar a Felicity, ¿no? –le recordó su madre.

–Ah, sí, es verdad –admitió Serina marcando el número de su hija.

Tras acordar con Janine, la madre de Kirsty, que Felicity se quedaría a dormir también aquella noche, Serina volvió a colgar el teléfono.

—Serina, me gustaría hablar un momento contigo —le dijo su madre.

—Claro.

—Fuera —declaró su madre—. En privado.

Serina se puso en pie y siguió a su progenitora hacia el calor de la calle.

—Date prisa, que nos vamos a achicharrar —le dijo caminando hacia la sombra de los árboles.

—No sé si voy a poder darme prisa porque lo cierto es que no sé ni por dónde empezar.

Serina comprendió al instante. Los rumores habían llegado a oídos de su madre. Evidentemente, le quería decir algo sobre la noche anterior, pero no se atrevía. Margaret Brown nunca había sido una madre propensa a hablar de temas sexuales. Si por ella hubiera sido, su hija nunca se habría enterado de nada. Menos mal que vivían en el campo y había comprendido con sus propios ojos cómo sucedían las cosas. Su padre era un hombre muy tímido que jamás hablaba de asuntos personales, así que tampoco le fue de mucha ayuda en ese aspecto.

A Serina no le extrañaba ser hija única.

—Estoy preocupada por Nicolas y por ti —comentó su madre por fin.

—¿Por qué?

—Tengo miedo de que te vuelva a romper el corazón —confesó Margaret—. Y no me vengas con que no te rompió el corazón hace años. A Felicity le puedes contar lo que quieras, pero a mí no me engañas. Yo sé lo que pasó, sé la verdad.

—¿La verdad? —preguntó Serina palideciendo.

—Sí, sé que erais mucho más que buenos amigos. Sé

que te acostaste con él desde la primera noche que saliste con él. Cuando volviste, se te notaba. Te brillaban los ojos de una manera especial, habías cambiado...

–Mamá, yo...

–No pasa nada, es lo más normal del mundo –la interrumpió su madre–. No te juzgo. Nunca te he juzgado por ello porque entiendo perfectamente lo que sentías por él.

–¿Ah, sí?

–Sí, a tu edad yo también me enamoré perdidamente de un chico y no podía dejar de pensar en él. Bueno, en realidad, no podía parar de estar con él y de hacer el amor con él.

–¡Madre mía!

–No era un buen chico. De hecho, me rompió el corazón. Me dejó y nunca volví a ser la misma. Estuve años sin dejar que otro chico me tocara –recordó Margaret con lágrimas en los ojos–. Si no hubiera sido por tu padre, jamás me habría casado ni te habría tenido. Su ternura me salvó. Y su timidez, desde luego. No se parecía a Hank en absoluto, por lo que siempre le estuve agradecida.

–¿Y qué pasó con el tal Hank?

–Se mató en un accidente de moto a los veintiún años. Cuánto lo lloré...

–Oh, mamá, no sabía nada de todo esto.

–¿Cómo lo ibas a saber? Nunca te lo conté. La verdad es que nunca te he hablado mucho de mí... ni hemos hablado demasiado de ti tampoco. Sé que, cuando Nicolas se fue de Rocky Creek, lo pasaste muy mal. Sabía que lo estabas pasando fatal, pero no me atreví a hablar contigo. Me dio miedo que me contaras lo que hacíais... me dio miedo contarte lo que yo había hecho y no quería... no quería que te avergonzaras de mí.

–¿Por qué iba a avergonzarme de ti?

Margaret enrojeció de pies a cabeza.

–Porque lo que Hank y yo hacíamos era muy fuerte.

–Fruto del amor, ¿no? Porque tú lo querías, ¿verdad?

–Más que a mi propia vida.

–¿Lo ves? Lo que una pareja hace por amor siempre está bien –la tranquilizó Serina pasándole el brazo por los hombros–. Lo que tuviste con Hank fue amor. Como nos pasó a Nicolas y a mí. Bueno, de hecho, nos sigue pasando.

–¿Estáis enamorados? ¿Te ha dicho que te quiere? –le preguntó su madre con lágrimas en los ojos.

–Esta misma mañana.

–¿Y esta vez se va a quedar?

–De momento, se queda esta semana, pero me ha prometido que va a venir a menudo.

–¿Y os vais a casar?

–No, no creo que nos casemos nunca.

–Eres muy valiente, Serina. Muy valiente y muy fuerte. ¿Te lo había dicho alguna vez?

Sí, la verdad era que se lo había dicho en el funeral de Greg, pero a Serina no le pareció momento de recordárselo, así que volvieron a entrar, le preparó un té a su madre y, más tranquila, se escabulló al baño con el móvil en la mano para llamar a Nicolas.

–Ya me estaba empezando a preocupar –le dijo él–. Como no me llamabas...

–Todo ha salido bien. Felicity se va a quedar a dormir otra vez en casa de Kirsty y le voy a pedir a mi madre que se quede al frente de la tienda para poder pasar el día contigo.

–¡Vaya! ¡Menuda sorpresa!

–Y una cosa más...

–¿Qué?

–Te quiero.

# Capítulo 19

NICOLAS había experimentado varios momentos de felicidad en su vida, pero ninguno como aquél. Fue tan intenso que sintió que se iba a poner a llorar, algo muy raro en él, que no había llorado ni una sola vez en sus cuarenta años de existencia.

–Ahora sí que la has hecho buena –comentó con la voz tomada por la emoción.

–¿Por qué dices eso?

–Porque ahora que sé que me quieres no voy a renunciar a ti jamás.

–No me pienso ir a vivir al extranjero contigo. Bueno, podría ir por temporadas, pero no de manera permanente...

–Eso me demuestra que me quieres de verdad.

–¿Lo dudabas?

–Te recuerdo que me dijiste que sólo servía para una cosa.

–Vaya, te pido perdón por aquel comentario desafortunado... claro que es culpa tuya porque, como se te dan tan bien ciertas cosas, haces que me olvide de todo lo demás.

Aquello hizo reír a Nicolas.

–¿A qué hora podrás salir? –le preguntó impaciente.

–En breve –le prometió Serina.

Serina llegó una hora después y encontró a Nicolas muy nervioso.

–Menos mal que ibas a tardar poco –se quejó.

–Es que ha habido una venta de última hora –le explicó Serina.

–Venga, que te quiero enseñar una cosa –dijo Nicolas emocionado.

–¿Aquí? –contestó Serina con una sonrisa picarona.

–No me refería a eso... siempre pensando en lo único... –contestó Nicolas acompañándola al ascensor–. Mira –dijo al llegar al ático.

–Es precioso –contestó Serina sinceramente.

–¿Te gusta? Estoy pensando en comprarlo –confesó Nicolas.

–¿Qué dices? –se sorprendió Serina–. Debe de costar una fortuna.

–Bueno, es caro, sí, pero puedo permitírmelo.

Serina supuso que a Nicolas le había ido mejor económicamente de lo que ella imaginaba.

–¿Cuánto te piden?

–Son tres millones y medio.

–¿Y te vas a gastar tanto dinero en una cosa en la que apenas vas a estar?

–¿Quién ha dicho que apenas vaya a estar aquí? –contestó Nicolas acercándose y agarrándola de la cintura–. Yo tengo la sensación de que voy a venir mucho por aquí –añadió acariciándole un pecho.

–¿Pero qué haces? –le preguntó Serina cuando vio que le estaba desabrochando la blusa.

–¿Tú qué crees? A estas alturas, deberías saber que no me gusta hacer el amor con ropa.

–¿Aquí? ¿Y si viene alguien?

–No te preocupes, me han dado las llaves y me han dicho que me tome todo el tiempo que quiera para verlo –la tranquilizó Nicolas besándola por el cuello.

–Pero... –protestó Serina.

–Pero nada –insistió Nicolas desabrochándole el sujetador y bajándole la cremallera de los pantalones.

A continuación, deslizó la mano derecha entre sus piernas.

–Nicolas... por favor... así no me voy a poder relajar.

–Es que no quiero que te relajes... quiero que estés tan excitada como yo.

Serina gimió cuando Nicolas le comenzó a acariciar un pezón con la otra mano.

–Túmbate en la cama y tócate mientras me desnudo –le ordenó.

Serina obedeció al instante. ¿Por qué lo hacía? Simplemente, porque era lo que más la excitaba del mundo.

–Muy bien –le dijo Nicolas–. Separa un poco más las piernas para que te vea mejor.

Unos segundos después, se colocó entre sus rodillas y sustituyó la mano de Serina con su erección.

# Capítulo 20

L O VES? No ha venido nadie –dijo Nicolas mucho tiempo después.
–Ya, pero podría haber entrado cualquiera –se quejó Serina–. Anda, quítate de encima, que me quiero vestir.

–¿De verdad quieres que me quite? –bromeó Nicolas en tono sensual.

–Sí –suspiró Serina.

–¿Nos duchamos juntos?

–¿Pero no has tenido suficiente?

–¿De ti? Jamás.

–Te agradecería que no dijeras cosas así –le pidió Serina poniéndose en pie muy seria.

–¿Por qué? –se sorprendió Nicolas.

–Porque no creo que sean verdad –contestó Serina metiéndose en el baño.

Nicolas se dijo que iba a tener que hacer algo radical para convencerla de sus buenas intenciones porque era evidente que no confiaba en él ni en su amor. Por ejemplo, pedirle que se casara con él.

Sí, buena idea. Lo primero que tenía que hacer era conseguir un precioso anillo. Seguro que en Port había buenas joyerías. Podía inventarse que necesitaba un par de horas para descansar y escaparse a comprarlo.

Nicolas sonrió encantado.

Cuando Serina emergió del baño, la estaba esperando vestido.

–Ven, mira qué vistas tan bonitas hay desde la terraza –le dijo tomándola sonriente de la cintura.

Serina se acercó y juntos salieron a la terraza.

La panorámica desde allí era realmente bonita.

–¿Qué es eso de ahí? –preguntó Serina alarmada–. ¡Es humo!

Nicolas se giró hacia donde Serina estaba mirando.

–Sí, es humo, pero no pasa nada, ¿no?

–Es en la zona de Rocky Creek –contestó Serina cada vez más angustiada.

–Tranquila. Debe de ser en el bosque que hay detrás de Rocky Creek. Siempre se incendiaba y nunca pasaba nada, ¿no? El fuego nunca llegaba a la ciudad.

–¡Pero la ciudad ha crecido en estos años y ésa es la zona en la que vive Kirsty!

–Los bomberos están para algo. Seguro que ya lo tienen todo bajo control.

–Sí, como en Victoria, ¿no? Nuestros bomberos no tienen equipos suficientes. Con este viento, las cosas se pueden poner feas en un abrir y cerrar de ojos. A lo mejor, no les da tiempo de evacuar a todo el mundo y la casa de Kirsty es la que más cerca del bosque está –le explicó Serina al borde de la histeria–. ¿Cómo he podido ser tan irresponsable? ¿Cómo la he dejado ir a pasar el fin de semana allí sabiendo las temperaturas y el viento que hace? ¡Cualquiera diría que no he aprendido nada de Greg! ¡Si le pasa algo a Felicity! –se lamentó.

Nicolas sintió que la preocupación comenzaba a atenazarlo a él también, pero se dijo que no era el mejor momento para permitir que el pánico se apoderara de él. Debía mantener la cabeza fría y clara si quería ser de ayuda.

–Vamos –dijo–. Hay que ir a por tu hija.

–Nuestra hija –sollozó Serina mirándolo a los ojos.

Nicolas asintió emocionado.

–Iremos en el 4x4 –dijo corriendo hacia la puerta–. ¿Tienes el teléfono de casa de Kirsty?

–Sí, en mi móvil –contestó Serina siguiéndolo.

–Bien, llámales desde el coche.

Serina no pudo hacerlo hasta haber abandonado el aparcamiento subterráneo porque no tenía cobertura.

–No contestan –anunció preocupada.

–Puede que se hayan ido –aventuró Nicolas esperanzado.

–No creo, me habrían llamado. Esto no me da buena espina, Nicolas. Me estoy poniendo muy nerviosa.

–Yo, también, pero más nos vale mantener la calma.

–Eso es lo que solía decir Greg –sonrió Serina.

–¿Qué hubiera hecho él en este caso?

–Habría llamado a los bomberos para enterarse exactamente de dónde es el incendio.

–Hazlo.

Serina así lo hizo.

–Es en el bosque –le confirmó–. Dicen que el fuego no ha llegado a la población, pero que la dirección del viento es variable y que debemos tener cuidado.

–Vamos a ir a por Felicity de todas maneras –anunció Nicolas con determinación.

–Por supuesto.

–Prueba otra vez en casa de Kirsty.

En aquella ocasión, hubo más suerte.

–¡Janine, gracias a Dios! –exclamó Serina cuando la madre de la amiga de su hija contestó al teléfono–. ¿Estáis bien? Te estaba llamando, pero no contestabas.

–Es que estaba fuera buscando a las niñas.

Serina sintió que el corazón se le caía a los pies.

–¿Y las has encontrado?

–No. Les dije que no se adentraran demasiado en el bosque, pero ya sabes cómo son –se lamentó Janine.

–¿Pero no tenéis el incendio cerca?

–Sí, por eso he salido a buscarlas. Ken me ha llamado hace un rato para decirme que venía a buscarnos. Te iba a llamar para decírtelo.

–Estoy yendo hacia tu casa.

–Tranquila, seguro que vuelven de un momento a otro. No creo que les apetezca estar fuera mucho tiempo con este calor.

–No se perderán en el bosque, ¿verdad? –le preguntó Serina preocupada.

–No, lo conocen muy bien.

–He llamado al móvil de Felicity, pero no contesta.

–Pues Kirsty se lo ha dejado encima de la cama.

–Maldita sea. Tardaremos un cuarto de hora en llegar. Tienes mi móvil. Por favor, llámame en cuanto aparezcan.

–Por supuesto.

–¿Dónde están esos dos demonios? –le preguntó Nicolas cuando Serina colgó el teléfono.

–En el bosque.

–La voy a estrangular –gritó Nicolas golpeando el volante.

–Ponte a la cola –contestó Serina.

Ambos se rieron y se miraron, conscientes de que aquellas carcajadas eran producto del miedo que sentían. Cuando las risas se apagaron, los dos se sumieron en el silencio. Nicolas conducía todo lo aprisa que le permitía la seguridad y Serina llevaba el móvil agarrado entre las manos, pero el aparato no sonaba. Serina no quería ni plantearse que algo le pudiera suceder a su hija. Sabía que, si Felicity moría, ella moriría también.

–¡Es ahí! ¡La entrada de casa de Kirsty está entre esos dos árboles! –le dijo al llegar.

Nicolas giró en la curva y enfiló el camino de tierra

que conducía a la granja. Una vez allí, paró el coche y ambos bajaron a la carrera. Hacía mucho calor y olía a humo. Janine salió a su encuentro.

–¿No han vuelto? –le preguntó Serina.

–No, pero...

–¡Mamá, mamá!

Ambas mujeres se giraron. Era Kirsty, que llegaba corriendo.

–¿Dónde está Felicity? –le preguntó Serina inmediatamente.

–En el bosque –contestó Kirsty–. Nos hemos encontrado un zorro herido en una madriguera de conejos. Hemos intentando sacarlo, pero está muy asustado y no se deja. Felicity se ha empeñado en sacarlo, yo le he dicho que teníamos que irnos, que el incendio estaba cerca, pero no ha querido. No sabía qué hacer, mamá, así que he venido a buscar ayuda –sollozó la pequeña.

–Kirsty, ¿me puedes enseñar dónde está exactamente? –quiso saber Nicolas viendo que el fuego avanzaba por una colina cercana.

–¡Mi hija no va a volver a entrar en el bosque! –contestó Janine abrazando a su pequeña en actitud protectora.

–No, claro que no, no es necesario –la tranquilizó Nicolas–. Sólo quiero que me lo explique y voy yo.

–No pasa nada, mamá, está muy cerca –les aseguró la pequeña–. Vamos.

–Si vas tú, yo también voy –dijo su madre.

Así que todos siguieron a Kirsty hasta el bosque. A pesar de que seguían un camino bien marcado, los árboles pronto se echaron sobre ellos y la luz comenzó a escasear. Nicolas sabía que, si abandonaban aquel camino, estaban perdidos. Recordaba perfectamente la sensación de quemarse y no le apetecía nada repetirla, pero no tenía miedo. Lo único que quería era salvar a su hija.

–Está aquí –anunció Kirsty señalando unos arbustos a la izquierda del camino–. Fliss, ¿sigues ahí? –gritó.

–Sí –contestó Felicity también a gritos–. No consigo sacarlo. Ven a ayudarme.

–La voy a matar –contestó Serina lanzándose hacia su hija.

Pero Nicolas la agarró de la muñeca.

–Ya voy yo –le dijo–. Tú vuelve a la casa.

–¿Estás loco o qué? ¡Yo voy a sacar a mi hija de ahí! –insistió Serina zafándose de su mano y perdiéndose entre los arbustos.

–Janine, Kirsty y tú volved a vuestra casa –dijo Nicolas antes de seguirla.

No estaba dispuesto a permitir que a su familia le ocurriera nada.

No tardó en encontrar a madre e hija. Serina estaba intentando sacar a Felicity de allí, pero la niña se negaba a marcharse sin el zorro. El calor era cada vez más apabullante. Todavía no se veían llamas, pero ya se oían. Estaban cerca.

–Felicity, tenemos que irnos –le dijo.

–Ah, Nicolas, hola –lo saludó la niña–. A ver si tú puedes sacarlo de la madriguera. Tienes los brazos más largos que yo.

–¡Olvídate del zorro! –gritó Nicolas.

Felicity lo miró sorprendida.

–¡No pienso hacerlo!

–¡Obedece a tu padre, Felicity! –gritó Serina.

Nicolas miró a Felicity, que los miró confundida.

–Serina, no soy Greg, soy yo, Nicolas –dijo para disimular–. Tranquila. La verdad es que es una pena que Greg no esté aquí con nosotros porque él hubiera sabido qué debemos hacer –añadió–. ¿Tú qué crees que habría hecho tu padre, Felicity?

–Habría salvado al zorro –contestó la niña con lágrimas en los ojos–, pero no está. Ha muerto...

–Es cierto, pero podemos seguir su consejo, así que vamos a sacar a ese animal de ahí cuanto antes y vamos a salir del bosque rápidamente, antes de que llegue el incendio, ¿de acuerdo?

Fue más fácil decirlo que hacerlo, pero, tras un par de minutos de forcejeo con el zorro y un par de buenos mordiscos por parte del asustado animal, Nicolas consiguió sacarlo de la madriguera.

–¡Vámonos! –anunció con el zorro en brazos.

–Espera, se me ha caído el móvil en la madriguera –se lamentó Felicity.

–Déjalo. Ya te compraré uno mejor –contestó Nicolas.

Serina estaba en estado de conmoción y no se movía.

–¡Agarra a tu madre y sácala de aquí! –le gritó Nicolas a Felicity.

La niña agarró a Serina del brazo y la llevó a la carrera hacia el camino. Nicolas las seguía corriendo con el zorro en brazos. Todavía no habían salido del bosque. Seguían estando en peligro.

–¡Corred! ¡Más deprisa! –les ordenó Nicolas, que oía el crepitar de las llamas detrás de ellos.

Consiguieron salir del bosque sin un rasguño, pero siguieron corriendo hasta la casa, donde Kirsty y Janine los esperaban asustadas.

–Vamos, mi marido acaba de llamar. Vienen hacia aquí con dos helicópteros de bomberos, pero me ha dicho que nos metamos en la bodega por si acaso –les dijo Janine.

Todos, zorro incluido, se metieron en la bodega, que

estaba perfectamente acondicionada para casos de emergencia, pues tenía bebida, comida y baño.

Una vez instalados, atendieron al zorro, que tenía sed, y a Nicolas, a quien le sangraba la mano por los mordiscos del animal.

Serina estaba conmocionada y no había reaccionado todavía, así que Nicolas se acercó a ella.

–Tranquila, cariño. ¿Estás bien?

–Menos mal que Felicity no se ha dado cuenta de nada...

–¿Lo dices por tu metedura de pata? –sonrió Nicolas.

Serina asintió y comenzó a llorar.

Felicity la miró preocupada.

–¿Qué te pasa, mamá?

–Tu madre ha pasado un rato horrible creyendo que tú también ibas a morir en un incendio, como tu padre –le explicó Nicolas–. La próxima vez que decidas arriesgar la vida por algo, piensa en tu madre, que te necesita a su lado –le aconsejó.

La niña asintió y bajó la cabeza apesadumbrada al ver que su madre no podía parar de llorar.

En ese momento, oyeron ruidos arriba y pasos que bajaban por la escalera.

–Es Ken –anunció Janine.

–¡Hola! –saludó el bombero–. ¿Estáis todos bien? –añadió entrando y abrazando a su mujer y a su hija–. ¿Pero qué habéis encontrado esta vez? –preguntó al ver al zorrito.

–Un zorro –contestó Kirsty.

–Tenemos que llevarlo al veterinario –anunció Felicity mirando a Nicolas.

Nicolas se preguntó por qué lo miraba a él y no a su madre o a Ken.

–Mi padre solía llevar al veterinario a los animales

heridos o enfermos que yo me encontraba –le explicó Felicity con voz trémula.

Nicolas sintió que el corazón le daba un vuelco.

–Muy bien –accedió–. Tú me dices cómo llegar porque no sé dónde está el veterinario más cercano.

–Trato hecho –contestó Felicity sonriendo encantada.

# Capítulo 21

ESPERO que se ponga bien –comentó Nicolas mientras Serina y él esperaban a Felicity, que había entrado a la consulta del veterinario con el zorro hacía un cuarto de hora.

–Seguro que sí –contestó Serina–. Ted es muy buen veterinario.

–Felicity está empeñada en salvar la vida de todos los animales que se encuentra, ¿eh?

–Mmmm.

–¿Tendrá idea del riesgo que ha corrido hoy por salvar a ese animal?

–No creo.

–Necesita una figura que la proteja, pero que la eduque también.

–Hago lo que puedo, Nicolas.

–Necesita un padre.

Serina lo miró horrorizada.

–Me prometiste que no se lo ibas a decir.

–Y no se lo voy a decir. ¿Qué me dices de un padrastro?

–¿Padrastro?

–Sí –contestó Nicolas–. Te lo iba a pedir esta noche a la luz de las velas y con un precioso anillo, pero no creo que te apetezca salir a cenar conmigo después de todo lo que ha pasado hoy, así que te lo pido aquí y ahora. Serina, ¿quieres casarte conmigo?

Serina se quedó mirándolo fijamente.

–Sé lo que me vas a decir –suspiró Nicolas–. Que vivimos en mundos diferentes, que ya no nos conocemos, que es demasiado tarde, pero ninguna de esas respuestas me vale porque lo único de verdad es que nos queremos. Eso es lo único que importa. Vivir es arriesgado. Hoy podríamos haber muerto los tres, pero aquí estamos, vivitos y coleando. Te prometo que no te voy a pedir nada que te resulte difícil. No te voy a pedir que te vayas de aquí ni que me sigas a ninguna parte. Confía en mí, encontraré la manera de hacerlo funcionar, cariño. Tú limítate a decir que sí.

Serina se puso a llorar.

Nicolas creyó que de felicidad, pero se equivocaba.

–Oh, Nicolas... si me lo hubieras pedido hace veinte años o aquella noche en Sydney o incluso ayer, te habría dicho que sí. Habría sido un error, pero te habría dicho que sí, pero hoy, después de lo que ha pasado, la respuesta es no –contestó–. Después de lo que ha pasado hoy, sé que no me puedo casar contigo. Ni ahora ni nunca. Tampoco podemos seguir juntos. No podemos seguir viéndonos aquí.

–¿Cómo? ¿Pero por qué?

–Porque no podría soportarlo.

–¿Qué no podrías soportar?

–No podría soportar tener otro secreto. Ya lo he tenido que soportar durante años, mientras estuve casada con Greg, pero entonces sólo lo sabía yo. Ahora no podría soportar que se supiera la verdad, no podría soportar tener que vivir pendiente de no decir nada, de no meter la pata. Cuando antes he dicho lo que he dicho, casi me muero. Todavía me dan náuseas al recordarlo. Si Felicity se enterara de que Greg no era su padre, jamás me perdonaría. Me odiaría. Ya sé que vivir es arriesgado, pero no me puedo arriesgar a perder a mi hija... por mucho que te quiera. Lo siento, Nicolas.

Nicolas se quedó helado, dolido, destrozado.

–¿A qué te referías cuando has dicho que no podemos seguir juntos aquí?

–Lo sabes perfectamente. Iré a verte al extranjero de vez en cuando, pero no quiero que vengas por aquí porque me da miedo que algún día a alguno de los dos se nos escape algo delante de Felicity o de otra persona.

Racionalmente, Nicolas entendía el miedo de Serina, pero su corazón no reaccionó igual de bien.

–¿Te ofrezco matrimonio y me lo pagas así? Yo también lo siento, pero un fin de semana de sexo de vez en cuando no es suficiente. Te quiero y quiero pasar más tiempo contigo. Y también quiero a mi hija. Lo he descubierto hoy. Jamás haría nada que pudiera herirla, pero quiero formar parte de su vida de alguna manera. Quiero verla crecer y poder cuidarla, pero, por lo que se ve, también me vas a negar eso...

–Nicolas, yo... yo...

–Ya basta –la interrumpió Nicolas–. No digas nada más. He comprendido. El tema está zanjado. Hemos terminado –anunció poniéndose en pie–. Os espero fuera. Cuando hayan terminado con el zorro, os llevaré a casa y me despediré de las dos. Así podrás ver que cumplo mi palabra y no le digo que soy su padre. No –añadió al ver que Serina se disponía a hablar–, no malgastes palabras. Ya sabes que yo soy de blanco o negro. Está claro que no me quieres como yo te quiero a ti, así que vamos a dejar las cosas como están –concluyó girándose y yéndose.

Serina se quedó mirándolo anonadada.

«No lo dice en serio. Está enfadado, pero no lo dice en serio», se dijo.

Pero sí lo decía en serio, tal y como demostró al llevarlas a casa y despedirse de ellas, anunciando que se iba al día siguiente.

–Pero creía que te ibas a quedar a pasar las Navidades con nosotros –protestó Felicity disgustada–. Mamá, dile que se quedé.

Serina negó con la cabeza. Sabía perfectamente que Nicolas no iba a cambiar de parecer y no quería hablar por miedo a traicionarse a sí misma.

–Me tengo que ir, Felicity –se despidió Nicolas abrazándola fugazmente–. Me necesitan en Nueva York. Cuida de tu madre y dale un beso de mi parte a la señora Johnson.

Felicity le dijo adiós con la mano desde el porche hasta que Nicolas se metió en el coche y se fue.

–No entiendo por qué se tiene que ir con tanta prisa –se lamentó entonces–. Lo único que se me ocurre es que lo esté esperando su novia. ¿Le preguntaste si salía con esa violonchelista japonesa?

–Sí, y me dijo que no –contestó Serina mientras le ponía la cena a Midnight.

–¡Lo sabía! Kirsty y yo estamos convencidas de que sigue enamorado de ti.

–¿Y qué os hace pensar eso?

–Cómo te mira.

–¿Y cómo me mira?

–Como si adorara el suelo por el que pisas.

Serina tragó saliva porque se le había formado un gran nudo en la garganta y sonrió para quitarle hierro al asunto.

–Qué dos. Sois peores que Allie y Emma. Sois todas unas románticas incorregibles. Si de verdad adorara el suelo por el que piso, no se iría. Anda, ¿terminas de ponerle tú la cena a la gata? Tengo que ir al baño.

Serina consiguió llegar al baño antes de que se le saltaran las lágrimas.

No fue la última vez que lloró durante los siguientes días. Lloró cuando llegó el móvil para Felicity desde el aeropuerto de Sydney, lloró cuando fue a Port Macquarie a comprar los regalos de Navidad y volvió a llorar cuando pasó por el lugar de la carretera en el que Nicolas había aparcado en el arcén para besarla.

Serina tenía miedo del día de Navidad porque lo iban a pasar en casa de los Harmon, que era, ni más ni menos, la antigua casa de Nicolas, pero consiguió mantener la compostura hasta que los abuelos de Felicity le pidieron a su nieta que volviera a interpretar el repertorio que había elegido para el concurso.

¡Y Felicity lo hizo en el piano de Nicolas!

Entonces, Serina ya no pudo más y se puso a llorar.

Gracias a Dios, los Harmon creyeron que era porque seguía apenada por la pérdida de su marido y no vieron la relación con Nicolas.

Pero Felicity sí se dio cuenta.

—¿Qué te pasa, mamá? —le preguntó una vez en casa—. Es por Nicolas, ¿verdad? Te ha vuelto a romper el corazón, tal y como dijo la abuela. Sigues enamorada de él, ¿verdad?

Serina no se atrevió a mentir.

—Sí —confesó—, sigo enamorada de él.

—¿Y él no te quiere?

—Sí, sí, él también me quiere.

—Entonces, ¿por qué se ha ido?

Serina miró a su hija a los ojos.

—Porque yo le dije que se fuera.

—¡Mamá! ¿Por qué?

—Porque tenía miedo.

—¿De qué?

Serina se mordió los labios.

—No te lo puedo decir.

—¿Cómo que no? ¡Pero si tú siempre dices que nos lo podemos contar todo!

—Si te lo cuento, a lo mejor, me odias.

–Mamá, eso es imposible. Eres la mejor madre del mundo.

–Dios mío...

–Mamá, cuéntame lo que te tiene tan preocupada. No me gusta verte así. Ya verás como, entre las dos, lo podemos arreglar –le dijo muy seria.

Serina se preguntó si iba a tener valor para contarle la verdad a su hija.

Entonces, pensó en Nicolas, solo en Nueva York, sin formar parte de la vida de su hija, apartado de ella. Y pensó en ella, destinada a vivir el resto de su vida como había vivido la última semana, sintiéndose sola y culpable, más culpable de lo que se había sentido jamás.

«No más culpa ni secretos», decidió.

Y, antes de empezar, rezó brevemente.

Y comenzó a hablar.

# Capítulo 22

**P**ARA cuando Nicolas llegó en taxi a casa había dejado de nevar, pero hacía mucho frío.

–No sé cómo lo puedes soportar, Mike –le dijo a su portero favorito, que estaba junto a la puerta.

–Estoy acostumbrado, señor Dupre –contestó el hombre sonriendo–. Y, además, yo soy de aquí, soy neoyorquino, no australiano.

«Australiano», pensó Nicolas mientras disfrutaba del calor del vestíbulo de entrada del edificio.

Hacía mucho tiempo que no pensaba en su país natal. Hacía mucho tiempo que no se consideraba de ningún lugar, pero desde su reciente visita... desde entonces, no podía dejar de pensar en aquel país en el que tenía una hija a la que no iba a volver a ver.

Siempre le habían encantado las Navidades en Nueva York, pero aquel año no le habían hecho ninguna ilusión. Le hubiera gustado pasarlas en Rocky Creek con Felicity y Serina. Le hubiera encantado llenarlas de regalos, abrazarlas y besarlas.

Simplemente, estar con ellas.

Pasó el día de Navidad solo, en casa, después de rechazar varias invitaciones. Ni siquiera salió a comprar regalos aunque, por supuesto, les dio su aguinaldo en efectivo a Mike y a Chad. También había pasado solo el veintiséis y el veintisiete. Ese día, sin embargo, se había obligado a salir. Había ido al estreno de una obra de teatro que no le había gustado nada y había comido algo antes de volver a casa.

No tenía ni idea de lo que haría al día siguiente. ¿Tal vez salir a correr al parque? Desde luego, algo que lo hiciera sentirse vivo porque se sentía muerto.

Sí, muerto.

«No debería haber abandonado a Serina. Eso de blanco o negro es una porquería, la receta perfecta para la depresión», pensó.

—¡Señor Dupre! —lo llamó Chad.

«No la pagues con él. El pobre chaval no tiene la culpa de nada. Sólo quiere hablar contigo un rato», se dijo.

—Dime Chad.

—Ha llegado otra carta de sobre rosa desde Australia para usted —le dijo el muchacho.

—¿Cómo? —dijo Nicolas acercándose a toda velocidad.

Chad se la entregó y Nicolas se fijó en que, en aquella ocasión, en el sobre solamente figuraba su nombre. Ni dirección ni remitente.

—¿Y cómo sabes que viene de Australia? No tiene sello ni remitente ni nada. ¿Se puede saber cómo ha llegado? —le preguntó al botones.

—Bueno... la han entregado en mano —contestó Chad.

—¿En mano? ¿Quién?

—Yo —contestó una voz femenina que conocía muy bien.

Nicolas se giró y se encontró con Serina.

Su Serina.

—Me envía Felicity —le explicó acercándose—. La carta es suya.

—No entiendo nada... —contestó Nicolas sinceramente al tiempo que sentía que la esperanza se abría camino en su corazón.

Serina miró a Chad. Era obvio que el chico podía oír la conversación desde donde estaba.

–Ven –le dijo a Nicolas llevándolo hacia un sofá que había en el vestíbulo.

Nicolas se fijó en que allí estaban sus maletas y sintió que el corazón le daba un vuelco.

–¿Qué ha pasado? ¡Cuéntamelo, que me va a dar un infarto!

–Le he contado la verdad a Felicity –contestó Serina–. Le he dicho que eres su padre.

Nicolas se quedó estupefacto.

–¿Y?

Serina sonrió encantada.

–No me odia.

–¿Y a mí? –quiso saber Nicolas.

–¿Cómo te iba a odiar a ti si tú no has tenido ninguna culpa en todo esto? Todo ha sido culpa mía.

–Eso no es cierto, cariño –contestó Nicolas tomándola de las manos.

–Sí, claro que es cierto, Nicolas. En esta vida, cada uno tenemos que cargar con nuestras culpas y responsabilidades, así que acepto las mías. No intentes liberarme. Debería haberte contado todo hace muchos años, pero no lo hice y, créeme, pagué por ello. Felicity se enfadó conmigo por cómo te había tratado.

–¿Y no se disgustó al saber que Greg no era su padre?

–Al principio, sí, pero le hice comprender que Greg era su padre en todos los sentidos menos en el biológico y que había sido un padre maravilloso.

–Y es cierto.

–Claro que lo es. Cariño, espero que no te importe, pero ninguna de nosotras quiere contarle esto a nadie. Sobre todo, no queremos que se enteren los padres de Greg. Lo pasarían fatal. Son mayores y no lo entenderían.

–Me parece bien. Lo entiendo perfectamente.

–¿Qué más da quién sepa la verdad mientras la sepamos nosotros?

–A mí lo único que me importa es que lo sepa mi hija –contestó Nicolas.

–Hablando de tu hija, me pidió que abrieras la carta delante de mí.

–¿Ah, sí, eh? –sonrió Nicolas abriendo el sobre algo nervioso.

Se trataba de una carta escrita en ordenador, como la anterior.

*Querido Nicolas:*

*Lo siento, pero no me sale llamarte papá porque yo ya tengo uno, pero mola eso de que seas mi padre. Ahora entiendo por qué toco tan bien el piano.*

*Me alegro de que mamá me haya contado la verdad porque, seguramente, me habría dado cuenta yo algún día.*

*Precisamente de mamá quería hablarte. Desde que te has ido, está triste, muy triste, supertriste. Sigue enamorada de ti y dice que tú sigues enamorada de ella. Espero que sea verdad porque, si no, te dejaré de hablar y eso sería una tragedia mundial porque me caes muy bien.*

*La solución es que le pidas que se case contigo y que te vengas a vivir a Australia.*

*Adiós por ahora.*

*Tu hija secreta,*
*Felicity Harmon*

*PD. Por favor, mándame un correo electrónico en cuanto mamá te diga que sí. Seguro que te dice que sí.*

*PD2. Me gustaría tener hermanitos. Cuanto antes.*
*PD3. Sigo sin querer ser pianista.*

Nicolas estalló en carcajadas.

–¿Qué pasa? –le preguntó Serina–. ¿Qué dice?

Nicolas le entregó la carta para que la leyera.

–Esta niña es demasiado –suspiró su madre.

–Es genial –contestó Nicolas.

–Fue ella la que encontró tu dirección –le explicó Serina–. Llamó para saber si estabas aquí o en Londres y me sacó el billete de avión. Me dijo que tenía que venir en persona, que sería una cobarde si arreglaba todo esto por teléfono o por correo electrónico.

–Tú no tienes nada de cobarde, cariño. De hecho, eres la mujer más valiente que conozco. ¿Te quieres casar conmigo?

–¿Y me lo tienes que preguntar?

–Sí porque, si no lo hago, mi hija dice que no me volverá a hablar.

–Sí, Nicolas, claro que me quiero casar contigo.

Nicolas sonrió y la abrazó.

–¿Y qué te parece eso que nos pide de que le demos un hermanito cuanto antes?

–A mí me parece bien –contestó Serina–. Si tú quieres, por mí encantada.

–En ese caso, vamos a subir a casa y nos vamos a poner manos a la obra ahora mismo.

–Hay que ponerle un correo a Felicity.

–Eso puede esperar, pero yo, no –insistió Nicolas agarrando las maletas de Serina y dirigiéndose al ascensor.

–Te quiero decir una cosa –le dijo Serina mientras esperaban–. Quiero que sepas que te quiero, Nicolas Dupre. Te he querido siempre, desde que era niña y todavía no nos conocíamos y ya soñaba con casarme algún día contigo. Ahora, ese sueño se va a hacer realidad. Gracias, Nicolas, gracias por seguir queriéndome y por volver a pedirme que me case contigo.

Nicolas se quedó sin palabras, soltó las maletas y le puso las manos sobre los hombros.

–Soy yo el que te da las gracias, Serina. Gracias por seguir queriéndome después de tantos años –le dijo con la voz tomada por la emoción–. ¿Te acuerdas que te dije que había estado a punto de casarme con una mujer y que no había podido ser?

Serina asintió.

–Pues me refería a ti, mi vida. Tú has sido siempre la única.

–Oh, Nicolas...

–Nada de llorar, ¿eh? A partir de ahora, se acabó mirar hacia atrás. Tenemos toda la vida por delante, una vida muy feliz que vamos a vivir en Rocky Creek.

–¿En Rocky Creek? –repitió Serina estupefacta.

–Sí, si vamos a tener más hijos quiero que se críen en un lugar, no los voy a tener dando tumbos por el mundo, ¿no?

–¡Pero si a ti no te gusta Rocky Creek!

–¿Quién ha dicho eso?

–Tú.

–Sí, es verdad. Bueno, voy a empezar comprando el ático de Port Macquarie y ya veremos cómo hacemos, ¿de acuerdo?

–De acuerdo –contestó Serina pasándole los brazos por el cuello y besándolo mientras se cerraban las puertas del ascensor.

# Epílogo

*Un año después*
*Día de Navidad*

Nicolas estaba sentado a la cabecera de una gran mesa con Serina a su derecha y Sebastián, su hijito de tres meses, entre ellos.

–Os propongo un brindis –dijo alzando su copa.

Janine, Ken y Kirsty, Franny y Bert, Margaret y la señora Johnson y, por supuesto, Serina alzaron las suyas también.

Nicolas pensó que aquéllas sí que eran unas Navidades de verdad.

–¡Feliz Navidad! –brindó.

–¡Feliz Navidad! –corearon los demás.

Tras el brindis, todos siguieron comiendo. Todos excepto Serina, que se tomó unos segundos para degustar la felicidad que invadía su vida.

¡Menudo año!

Tras casarse a mediados de enero en Rocky Creek, se habían ido de luna de miel a Nueva York y a Londres. Una vez allí, Nicolas había aprovechado para vender sus propiedades. De vuelta en Australia, había decidido que, en lugar de comprar el ático de Port, prefería una casa más grande para su familia, así que se habían decidido por un precioso rancho con caballos cerca del hipódromo de Port.

Para entonces, Serina ya estaba embarazada. La llegada de Sebastián los había colmado de felicidad a todos.

–Yo también quiero proponer un brindis –anunció Felicity levantando su vaso de agua–. Por Nicolas, el mejor padrastro del mundo.

Serina sintió que el corazón le daba un vuelco.

–Por Nicolas –corearon todos.

–Una cosa más que os quiero decir... he hablado con los abuelos y a ellos les parece bien... como no quiero tener un apellido diferente al de mi hermano, a partir de ahora, me llamaré Felicity Harmon Dupre. Si a ti te parece bien, claro, Nicolas.

Nicolas tragó saliva emocionado.

–Me parece fenomenal.

–¿Y a ti, mamá? ¿Te importa?

–En absoluto, cariño. Me parece una idea maravillosa.

–Qué suerte tienes, Felicity –le dijo su abuela Margaret–. Poca gente en el mundo puede decir que tiene dos padres maravillosos.

–Es cierto que nuestra hija tiene suerte, pero el que más suerte tengo soy yo, ¿sabes? –le dijo Nicolas a Serina aquella noche–. Soy el hombre más feliz del mundo. Tengo todo lo que deseo.

–¿No echas de menos el trabajo?

–De momento, no, y si algún día lo echo de menos, me compro un teatro y listo. De momento, lo único que quiero es pasar todos los días con vosotros.

–Te acabarás aburriendo.

–Puede que sí, pero, mientras tanto, podríamos ir haciendo otro bebé, ¿no?

–¿Ya?

–Sí, estoy encantado. Estos tres meses de vida de Sebastián han sido los mejores de mi vida.

–Pero ya verás cuando empiece a hablar y a caminar.

–Por eso haríamos bien en encargar un hermanito cuanto antes, antes de que se me quiten las ganas –se rió Nicolas.

–Pero, si tuviéramos otro hijo, a lo mejor tendría que dejar de trabajar.

–Mejor. Así, te quedarías en casa con los tuyos y te tendría toda para mí –contestó Nicolas encantado.

–Mira que eres egoísta –bromeó Serina.

–Pero me quieres de todas formas.

–No sé por qué –contestó Serina.

Y Nicolas se lo recordó.

# Nota de la autora

Algunos de mis lectores sabrán que nací en Port Macquarie. Se trata de un lugar situado en la costa de Nueva Gales del Sur, en Australia. Wauchope, pronunciado «Warhope», también existe, pero Rocky Creek es producto de mi imaginación.

Viví los primeros diez años de mi vida en Rawdon Island, en el río Hastings, entre Port Macquarie y Wauchope. Mi padre era el maestro del lugar y mi madre se ganaba la vida como modista.

Todos los jueves íbamos a Wauchope a hacer la compra y todos los sábados nos pasábamos por Port. Mis padres jugaban al golf y mis dos hermanos, mi hermana y yo íbamos al cine. Así fue como empezó a interesarme contar historias.

Hace poco volví por Port Macquarie y el cine sigue en su lugar. También vi que seguía existiendo una preciosa casa de grandes jardines en los que yo solía jugar mientras mi madre le probaba vestidos a la dueña. No vi ningún edificio que se llamara Blue Horizons, pero tanto ese edificio como los personajes de mi novela son reales en mi cabeza.

Espero que hayan pasado a formar parte de su vida también.

*Iban a conocerse bajo el ardiente sol de Roma*

A primera vista, Emily ofrecía un aspecto recatado y remilgado, pero a Giovanni Boselli le parecía una mujer sencillamente irresistible y no podía evitar comérsela con los ojos.

En cuanto a Emily, no podía creerse lo que le estaba pasando. Había ido a Roma por trabajo y lo último que se esperaba era que un italiano de arrebatadora sonrisa y ojos oscuros intentara seducirla. Pero su asombro sería aún mayor al descubrir que su admirador no era un hombre cualquiera, sino el célebre heredero del imperio Boselli…

### Amor en Roma

Susanne James

# Acepte 2 de nuestras mejores novelas de amor GRATIS

## ¡Y reciba un regalo sorpresa!

## Oferta especial de tiempo limitado

**Rellene el cupón y envíelo a**
**Harlequin Reader Service®**
3010 Walden Ave.
P.O. Box 1867
Buffalo, N.Y. 14240-1867

**¡Sí!** Por favor, envíenme 2 novelas de amor de Harlequin (1 Bianca® y 1 Deseo®) gratis, más el regalo sorpresa. Luego remítanme 4 novelas nuevas todos los meses, las cuales recibiré mucho antes de que aparezcan en librerías, y factúrenme al bajo precio de $3,24 cada una, más $0,25 por envío e impuesto de ventas, si corresponde*. Este es el precio total, y es un ahorro de casi el 20% sobre el precio de portada. ¡Una oferta excelente! Entiendo que el hecho de aceptar estos libros y el regalo no me obliga en forma alguna a la compra de libros adicionales. Y también que puedo devolver cualquier envío y cancelar en cualquier momento. Aún si decido no comprar ningún otro libro de Harlequin, los 2 libros gratis y el regalo sorpresa son míos para siempre.

416 LBN DU7N

| | |
|---|---|
| Nombre y apellido | (Por favor, letra de molde) |
| Dirección | Apartamento No. |
| Ciudad | Estado | Zona postal |

Esta oferta se limita a un pedido por hogar y no está disponible para los subscriptores actuales de Deseo® y Bianca®.
*Los términos y precios quedan sujetos a cambios sin aviso previo.
Impuestos de ventas aplican en N.Y.

SPN-03 ©2003 Harlequin Enterprises Limited

# Deseo™

## El corazón de la princesa

### MICHELLE CELMER

Había bailado con ella como parte de un reto, pero Samuel Baldwin había seducido a la princesa Anne para saciar su propio deseo. Vencer la frialdad de Anne había sido puro placer… hasta que descubrió que en su noche de pasión se había quedado embarazada.

Estaba destinado a ser el próximo primer ministro, pero casarse con un miembro de la realeza pondría fin a su carrera. Sin embargo, Sam tenía un gran sentido del honor, así que la boda se celebraría. Después de que él hiciera tal sacrificio, ¿conseguiría Anne su corazón?

*Derritiendo a la princesa de hielo*

## Él exigía su noche de bodas

Una vez que Lorenzo Valente había puesto su ojo en algo o en alguien, nunca se echaba atrás. Su mujer, Chloe, podía decir que lo odiaba, pero sólo unas semanas antes decía adorarlo, y eso demostraba lo que siempre había creído: que el amor era una emoción inestable.

Chloe estaba dispuesta a adoptar a la hija de su difunta amiga y quería empezar de cero… eso incluía la anulación de su matrimonio.

Al ver a Chloe como madre, Lorenzo estuvo más decidido que nunca a recuperarla… y a exigir la noche de bodas que no tuvieron.

### Noche de bodas aplazada

Natalie Rivers